타임머신

THE TIME MACHINE

타임머신

허버트 조지 웰스 글

조호근 옮김

타임머신

초판 9쇄 발행 2025년 8월 29일

글쓴이 | 허버트 조지 웰스
옮긴이 | 조호근
표지 그림 | 최용호
펴낸이 | 김사라
펴낸곳 | 해와나무
출판 등록 | 2004년 2월 14일 제312-2004-000006호
주소 | 서울특별시 영등포구 양산로23길 17 2층
전화 | (02)364-7675(내용), 362-7675(구입) | 팩스 (02)312-7675
ISBN | 978-89-6268-101-7 43840

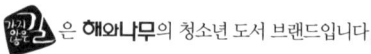 은 **해와나무**의 청소년 도서 브랜드입니다.

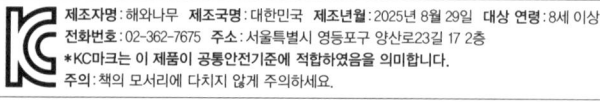 제조자명:해와나무 제조국명:대한민국 제조년월:2025년 8월 29일 대상 연령:8세 이상
전화번호:02-362-7675 주소:서울특별시 영등포구 양산로23길 17 2층
*KC마크는 이 제품이 공통안전기준에 적합하였음을 의미합니다.
주의:책의 모서리에 다치지 않게 주의하세요.

차 례

01 시간여행자 · 7

02 잊지 못할 저녁 식사 · 29

03 시간여행을 다녀오다 · 43

04 미래와의 조우 · 57

05 미래 인류의 비밀 · 77

06 두 인류 · 109

07 지하 세계 · 121

08 위나 · 135

09 끔찍한 밤 · 149

10 다시 찾은 다임머신 · 163

11 상상할 수 없는 먼 미래 · 171

12 현재 세계로 돌아오다 · 183

에필로그 · 195

작품 해설 · 199
연보 · 209

01

시간여행자

시간여행자(편의상 이렇게 부르기로 하자)는 이해하기 힘든 문제를 우리에게 설명하고 있었다. 그의 회색 눈동자에선 광채가 번득이고, 평소에는 창백하던 얼굴이 발갛게 상기되어 활기 가득한 모습이었다. 벽난로에서는 불길이 밝게 타오르고 있었고, 유리잔 안에 떠올랐다 스러지는 작은 기품들은 백합 모양 은빛 램프에서 비치는 부드러운 불빛을 받아 반짝였다.

우리가 앉아 있는 의자는 그의 특허품으로, 앉은 사람을 떠받친다기보다는 보듬어 안아 주는 느낌이 들었다. 엄밀함에 얽매일 필요 없이 자유로운 생각이 흐르게 하는, 저녁 만찬 후의 편안한 분위기가 우리 모두를 휘감고 있었다. 그리고 우리가 이런 분위기 속에서 나른하게 앉아 이 새로운 패러독스(우리는 그렇게 생각했었다)에 대해 그가 쏟는 열정과 독창성에 감탄하는 동안, 그는 비쩍 마른 집게

손가락을 세우고 요점을 강조해 가며 설명을 해 나가기 시작했다.

"내 논리를 잘 따라와 보게. 보편적으로 인정되는 개념 한두 가지를 뒤엎어야 할 테니까. 일단 자네들이 학교에서 배운 기하학은 잘못된 가정에 기반을 두고 있다네."

"처음부터 너무 세게 나오는 것 아닌가?"

붉은 머리에 논쟁을 좋아하는 성격인 필비의 말이었다.

"논리적 토대도 없이 무작정 인정하라는 말은 하지 않을 걸세. 모두들 곧 내가 말하는 개념을 인정하게 될 테니까. 물론 다들 수학적 선, 즉 두께가 없는 선이라는 것이 실제로는 존재할 수 없는 개념일 뿐이라는 사실을 알고 있겠지? 그렇게 배워 오지 않았나? 평면도 마찬가지고. 하지만 이런 것들은 그저 추상적인 개념일 뿐이네."

"그건 사실이지."

심리학자가 말했다.

"그와 마찬가지로, 길이, 너비, 두께라는 세 가지 요소만으로 이루어진 정육면체 역시 실제로는 존재할 수 없지."

"그 말에는 동의할 수 없네. 그건 당연히 실제로 존재할 수 있지. 모든 현실의 사물은……."

필비가 반박했다.

"대부분의 사람들은 그렇게 생각하겠지. 하지만 잠시만 기다려 보게. '한 순간에만' 존재하는 정육면체라는 것이 가능하겠나?"

"무슨 말인지 모르겠군."

필비가 말했다.

"일정한 시간 동안 존재를 유지할 수 없는 정육면체가, 실제로 존재한다고 할 수 있겠냐는 말일세."

이 말을 듣고 필비는 생각에 잠겼다. 시간여행자는 말을 이어 갔다.

"당연한 사실이지만, 어떤 물체가 현실에 존재하기 위해서는 네 방향으로 확장 가능해야 하네. 길이, 너비, 두께, 그리고 시간의 길이를 가져야 한다는 말이지. 하지만 내가 곧 설명할 육체의 근본적인 결함 때문에, 우리 인간은 그 사실을 미처 깨닫지 못하고 넘어가는 경향이 있지. 실제로 존재하는 차원은 네 개라네. 사람들이 삼차원 공간이라고 부르는 세 개의 차원 외에, 추가로 시간이라는 네 번째의 차원이 있는 거지. 그러나 사람들은 흔히 앞의 세 개의 차원과 네 번째 차원 사이에 가짜 경계선을 긋곤 한다네. 그건 사람들의 의식 자체가 태어나는 순간부터 죽을 때까지 한쪽 방향으로만 흐르기 때문이네."

"그건, 그건……, 그렇지요……."

매우 젊은 남자가 램프에 대고 다시 담뱃불을 붙이려 노력하며 말했다.

"생각해 보면, 이토록 당연한 사실이 흔히 간과되고 있다는 것 자체가 매우 이상한 일이지."

시간여행자는 살짝 흥분한 듯 이야기를 이어 갔다.

"이것이 바로 사차원이라는 개념이 실제로 의미하는 걸세. 그 진짜 의미를 모르면서 입에 올리는 사람들도 있지만 말이지. 사차원이란 그저 시간을 다른 관점에서 보는 것일 뿐이라네. '우리의 의식이 시간을 따라 흐른다는 점을 제외하면, 공간을 구성하는 다른 세 개의 차원과 시간 사이에는 차이가 없다'는 거지. 그러나 일부 어리석은 사람들은 이 개념을 잘못된 방향에서 해석하고 있어. 모두들 그런 자들이 이 사차원이라는 것에 대해 하는 얘기들을 들은 적이 있지 않나?"

"나는 들은 적 없네."

시장이 말했다.

"간단히 말해 이런 거지. 우리네 수학자들의 말에 따르면, 공간이란 우리가 흔히 길이, 너비, 두께라 부르는 세 가지의 차원으로 만들어져 있고, 공간 안의 사물이란 각각 다른 두 평면과 직각으로 만나는 세 개의 평면으로 이루어져 있어. 그러나 어떤 철학자들은 왜 세 개의 차원만이 존재하는지, 과연 이들과 직각으로 만나는 다른 차원이 존재할 수는 없는지를 연구하며, 사차원의 기하학을 구성하려 시도해 보기도 했지. 사이먼 뉴컴✝ 교수가 「뉴욕 수학 회보」

✝ Simon Newcomb(1835~1909). 미국의 수학자이자 천문학자. 천문 상수의 확립에 많은 기여를 하였으며, 천문학의 대중화에 힘썼다.

에서 이런 내용을 설명한 지 겨우 한 달밖에 지나지 않았다네. 이차원일 뿐인 평면 위에 삼차원의 물체를 그려 내는 일은 가능하지. 마찬가지로 수학자들은 삼차원 모형을 이용해 사차원의 물체를 표현할 수 있다고 생각하고 있네. 그 물체의 구조를 완벽하게 해석할 수 있다면 말이지. 이해가 되나?"

"알 것도 같군."

시장이 중얼거리듯 대답했다. 그는 주문을 외우는 사람처럼 입술을 달싹거리며, 이맛살을 찌푸린 채 속으로 방금 들은 말을 곱씹어 보는 듯했다. 이윽고 그는 잠깐이나마 표정을 풀며 덧붙였다.

"그래, 이제 알겠네."

"자, 내가 이 사차원 기하학에 대해 한동안 연구해 왔다는 것은 다들 알고 있겠지? 나는 흥미로운 결과를 몇 가지 얻었다네. 예를 들어, 여기 한 남자의 초상화가 있네. 여덟, 열다섯, 열일곱, 스물세 살 등으로 나아가지. 이 초상화들은 명백하게 일종의 단면이며, 고정되어 있으며 변환할 수 없는 사차원적 존재, 즉 한 명의 남성 자체를 삼차원으로 나타낸 표현 방식이라네."

우리가 이 말을 받아들일 수 있도록 잠시 시간을 준 후, 시간여행자는 말을 이었다.

"과학계의 사람들은 시간 역시 일종의 공간이라는 사실을 잘 알고 있지. 여기 있는 것은 흔히 사용하는 과학적 도표 중 하나인 기상 기록이네. 내가 손가락으로 훑고 있는 이 선은 기압계의 움직임을 보여 주지. 어제는 매우 높았다가 밤이 되니 하강했고, 오늘 아침에는 다시 상승해서 여기 이 시점까지 완만하게 올라온 것을 보게나. 분명 수은주가 우리가 일반적으로 관찰할 수 있는 차원 안에서 이런 선을 그린 것은 아니겠지? 하지만 실제로 이런 선이 만들어진 것은 사실이며, 따라서 이 선은 시간이라는 차원 안에서 만들어진 거라는 결론을 내릴 수 있게 되는 걸세."

"하지만……."

의사가 벽난로 속에서 타오르는 석탄 조각을 뚫어져라 바라보며 입을 열었다.

"만약 시간이 정말로 공간의 네 번째 차원일 뿐이라면, 왜 사람들은 예전부터 유독 시간만을 다른 개념으로 여겨 왔던 걸까? 그리고 우리가 다른 공간 속의 차원과 마찬가지로 시간 속을 움직일 수 없는 까닭은 무엇 때문인가?"

의사의 말에 시간여행자는 웃음을 지었다.

"사람들이 공간 속에서 자유롭게 움직일 수 있다고 확신할 수 있나? 사람은 왼쪽이나 오른쪽, 뒤나 앞으로는 제법 자유롭게 움직일 수 있고, 항상 그래 왔지. 이차원 안에서는 자유롭게 움직일 수 있다고 인정하겠네. 하지만 위아래 방향은 어때? 중력에 제약을 받게되지."

"꼭 그런 것만은 아니네. 기구가 있잖은가?"

의사가 말했다.

"하지만 기구가 생기기 전에는, 가끔씩 뛰어오르거나 지면의 오르내림을 따라 움직이는 것을 제외하고는, 인간은 자유롭게 수직 이동을 할 수 없었네."

"하지만 위아래로 조금씩은 움직일 수 있지."

의사가 말했다.

"위로 움직이는 것보다는 아래로 움직이는 게 훨씬 더 쉽지."

"그리고 시간 안에서는 전혀 움직일 수 없잖은가. 현재의 순간에서 벗어날 수 없으니 말이네."

"자네가 잘못 생각하는 부분이 바로 그걸세. 온 세상 사람들이 잘못 생각하고 있는 부분이기도 하지. 사람들은 늘 현재 순간으로부터 멀어지고 있다네. 어떤 차원에도 속해 있지 않은 우리의 비물질적 영혼이, 요람에서 무덤까지 일정한 속도로 시간의 차원을 따라 움직이고 있는 것이지. 우리가 하늘 위 50마일(약 80킬로미터)의 허공에서 태어나게 된다면, 이후 계속해서 땅을 향해 아래쪽으로 움직이게 되는 것처럼 말이지."

"하지만 가장 큰 문제는 바로 이걸세. 공간에서는 어느 방향으로든 움직일 수 있지만, 시간 속에서는 돌아다닐 수가 없다는 거지."

심리학자가 끼어들며 이렇게 말했다.

"바로 그것이 내 위대한 발견의 씨앗이 된 거네. 하지만 시간 속에서 움직일 수 없다는 자네 말은 틀렸네. 예를 들어, 내가 어떤 사건을 매우 생생하게 떠올린다면, 나는 그 사건이 발생한 순간으로 돌아가는 거지. 얼이 빠진 상태라고 할 수도 있겠지. 잠시 동안 과거로 갈 수 있는 걸세. 물론 사람들은 오랜 시간 동안 과거에 머무를 수단이 없다네. 야만인이나 짐승이 지표면에서 6피트(약 1.8미터) 위의 허공에 머무를 수 없는 것과 마찬가지지. 하지만 문명인은 야만인보다 낫지 않은가. 문명인이라면 열기구를 사용해 중력을 거스를 수 있지. 그렇다면 결국에는 사람들이 시간 차원의 흐름을 멈추거나 가속할 수도, 심지어는 반대 방향으로 움직일 수 있으리라 꿈꾸지 못할 게 뭐가 있겠나?"

"아, 자네 말은 모두……."

필비가 입을 열었다.

"안 될 건 없잖은가?"

시간여행자가 말했다.

"이치에 어긋나는 거 아닌가?"

필비가 말했다.

"무슨 이치 말인가?"

시간여행자가 말했다.

"자네가 궤변을 늘어놓는 건 내 알 바 아니지만, 나를 설득하지는 못할 걸세."

필비가 말했다.

"아마 그렇겠지. 하지만 이제 슬슬 내가 사차원 기하학을 연구한 목적이 무엇인지 감이 잡히지 않나? 오래전부터 나는 어떤 기계를 상상해 왔다네."

"시간여행을 하는 기계 말입니까!"

매우 젊은 남자가 소리쳤다.

"조종자의 생각에 따라, 시간과 공간의 어떤 방향으로든 원하는 대로 이동할 수 있는 기계라네."

필비는 큰 소리로 웃어 댔다.

"하지만 실험 증거가 있다네."

시간여행자가 말했다.

"역사학자에게는 정말로 편리하겠군. 예를 들어, 과거로 여행해서 헤이스팅스 전투[+]에 관한 가설을 전부 입증할 수도 있겠군!"

심리학자가 말했다.

"너무 눈에 띄지 않겠나? 우리 선조들은 그 시대에 어울리지 않는 존재들에게 그다지 호의적이진 않을 텐데."

[+] 1066년, 잉글랜드 남동부 도시 헤이스팅스에서 벌어진 전투. 이 전투에서 잉글랜드를 침략한 노르망디 공 윌리엄이 잉글랜드 왕 해럴드의 군대를 물리쳤으며, 영국 중세사에서 가장 중요한 역사적 사건 중 하나로 꼽힌다.

의사가 말했다.

"호메로스와 플라톤에게 직접 그리스어를 배울 수도 있겠군요."

매우 젊은 남자가 자신의 생각을 말했다.

"그랬다가는 자네 학사 학위 1차 시험에서도 낙제를 하게 될 걸세. 독일 학자들이 그리스어를 얼마나 많이 바꾸었는지 알고 있나?"

"그리고 미래도 있지요."

매우 젊은 남자가 말했다.

"상상해 보세요! 가진 돈을 전부 투자해서 이자가 붙게 만든 다음, 잽싸게 미래로 가면 되는 겁니다!"

"그 미래 사회는 완벽한 공산주의 사상에 바탕을 두고 세워진 사회일 수도 있겠지."

내가 말했다.

"하고많은 허무맹랑한 이론들 중에 하필 그건가!"

심리학자가 입을 열었다.

"내 생각에도 그런 거 같아 아직까지는 입에 담지 않고 있던 건데……."

"실험으로 증명하면 되잖나!"

내가 소리쳤다.

"자네, 그것도 증명할 수 있겠나?"

"실험을 보여 주게!"

논쟁 때문에 머릿속이 피곤해진 필비가 소리쳤다.

"여하튼 일단 자네 실험을 한번 보도록 하자구."

심리학자가 말했다.

"물론 전부 말도 안 되는 소리지만 말일세."

시간여행자는 웃으며 우리 모두를 둘러보았다. 그러고는 여전히 웃음기가 채 가시지 않은 얼굴로, 손을 바지 주머니 깊이 찔러 넣고는, 천천히 방에서 걸어 나갔다. 실험실로 통하는 긴 복도를 걸어가는 그의 실내화 끌리는 소리가 들려 왔다.

심리학자는 우리를 둘러보며 말했다.

"대체 저 친구가 뭘 만들었을 것 같은가?"

"마술 같은 속임수나 뭐 그런 것 아니겠나."

의사가 대답했다. 필비는 자신이 버슬렘⁺에서 보았던 마술사에 대한 이야기를 꺼내려 하였지만, 그가 채 말을 시작하기도 전에 시간여행자가 다시 방으로 돌아왔고, 필비의 이야기는 그대로 끝나 버리고 말았다.

시간여행자는 매우 정교하게 만들어진, 시계보다 살짝 큰 크기의 광택이 나는 금속 물체를 손에 들고 있었다. 상아로 만든 부품도 있었고, 뭔지 모를 투명한 수정 같은 결정도 보였다. 이제부터는 정

✛ 잉글랜드 중부 지방, 스태퍼드셔주의 소도시. 빅토리아 시대부터 현재까지 도기 공방으로 유명하다.

확한 기록을 남겨야 한다. 뒤이어 일어난 일은, 그의 설명을 받아들이지 않는 이상 도저히 상식으로는 설명할 수 없는 일이기 때문이다. 그는 방 안 여기저기에 놓여 있던 작은 팔각형 탁자 중 하나를 가져와서, 탁자 다리 두 개가 깔개 위에 걸치도록 벽난로 앞에 놓았다. 그러고는 이 탁자 위에 그 기계를 올려놓고는 의자를 하나 꺼내 그 앞에 앉았다. 탁자 위에는 그 기계와, 그 위로 환한 불빛을 비추고 있는 덮개 달린 램프밖에는 없었다. 그 외에도 벽난로 선반 위에 놓인 두 개의 황동 촛대와 벽에 걸린 촛대들 위에 있는 여남은 개의 촛불 덕분에 방 안은 환하게 밝았다. 나는 벽난로 불 가장 가까운 곳에 놓인 낮은 안락의자에 앉은 후, 벽난로 불과 시간여행자의 사이까지 닿도록 바싹 의자를 끌었다. 필비는 시간여행자 뒤에 앉아 그의 어깨 너머를 넘겨다보고 있었다. 의사와 시장은 그의 옆모습을 바라볼 수 있게 오른쪽에 자리를 잡았으며, 심리학자는 왼쪽에 자리를 잡았다. 매우 젊은 남자는 심리학자 뒤에 서 있었다. 우리 모두는 잔뜩 긴장하고 있었다. 아무리 세심하게 속임수를 계획하고 교묘하게 수행에 옮길지라도, 이런 상황에서는 속임수를 쓴다는 것 자체가 놀라운 일일 것만 같았다.

시간여행자는 우리를 바라본 다음, 다시 기계로 눈길을 돌렸다.

"이제 어쩔 건가?"

심리학자가 말했다.

“이 장치는 그저 모형일 뿐이네.”

시간여행자는 탁자에 팔꿈치를 괴고는 장치 위로 손을 모아 누르며 말했다.

“시간여행 기계의 시험용 모델이라고 할까. 이 기계가 전체적으로 독특하게 기울어져 있는 모양이고, 이 막대에 특이하게 반짝이는 부분이 붙어 있는 것이 보일 걸세. 어때, 어딘가 비현실적으로 보이지 않나?”

그는 손가락으로 그 부분을 가리켜 보였다.

“그리고 여기 보면 작은 흰색 손잡이가 있지. 이쪽에도 하나 있고.”

의사는 자리에서 일어나 그 기계를 자세히 바라보며 말했다.

“아름다운 물건이군.”

″이걸 만드는 데 이 년이 걸렸지.”

시간여행자는 퉁명스레 대답했다. 우리 모두가 의사를 따라 그 기계에 주의를 기울이자, 그는 다시 말을 이었다.

“이제 이 손잡이를 누르면 기계가 미래로 날아가게 되고, 반대쪽 손잡이를 누르면 그 반대의 행동을 할 거라는 걸 잊지 말게. 여기 있는 안장 모양은 시간여행자가 앉을 좌석을 나타내는 것이네. 내가 이 손잡이를 누르자마자 기계는 바로 출발할 거야. 즉시 이곳을 떠나 미래의 시간으로 들어갈 것이고, 사라져 버리겠지. 이걸 잘 살펴보게. 속임수가 있을지도 모른다는 생각이 들면 탁자도 꼼꼼히 살펴보고. 나는 엉터리라는 소리를 듣고 싶지는 않다네."

아마도 일 분 정도 침묵이 흐른 듯했다. 심리학자는 내게 무언가 말을 꺼내려 하다가 마음을 바꿨다. 그리고 시간여행자는 손잡이를 향해 손을 뻗었다.

"아니지. 자네 손 좀 빌려 주게."

그는 갑자기 이렇게 말하고는, 심리학자를 돌아보고 그의 손을 잡고서는 집게손가락을 펴 들라고 말했다. 따라서 그 모형 타임머신을 끝나지 않는 여행길로 보낸 사람은 심리학자 본인이 되었다. 우리는 모두 손잡이가 돌아가는 모습을 보았다. 나는 속임수 같은 것은 전혀 개입되지 않았다고 확신할 수 있다. 가볍게 바람이 불고, 램프의 불꽃이 휘날렸다. 벽난로 선반 위의 촛불 하나가 꺼졌다. 작은 기계는 갑자기 양옆으로 흔들리기 시작하더니 곧 모습이 희미해졌다. 마치 유령과도 같이, 희미하게 빛나는 황동과 상아 부품들이 그대로 일 초 정도 소용돌이치듯 움직였고, 그대로 없어졌다. 사라져 버린 것이다! 탁자 위에는 램프 외에는 아무것도 남아 있지 않았다.

일 분 정도, 모두가 아무 말도 꺼내지 않았다. 갑자기 필비가 욕설을 내뱉었다.

심리학자는 정신을 차리더니 갑자기 탁자 아래를 살펴보았다. 그것을 보며 시간여행자는 즐거운 듯 크게 웃었다.

"이제 어떻게 할 건가?"

그는 심리학자의 말투를 그대로 따라 하고는, 자리에서 일어나서 벽난로 선반 위에 있던 담배 단지를 가져온 후 우리에게 등을 돌린 채 파이프를 채우기 시작했다.

우리는 서로 마주 보았다. 의사가 물었다.

"기다려 보게. 농담을 하고 있는 건 아니지? 진심으로 그 기계가 미래로 이동했다고 생각하는 건가?"

"물론이네."

벽난로에 대고 파이프용 심지 불을 붙이며, 시간여행자가 말했다. 그리고 그는 파이프에 불을 붙이며 우리 쪽으로 몸을 돌려, 심리학자의 얼굴을 정면으로 마주하였다. (심리학자는 자신이 놀라지 않았다는 것을 보이기 위해 시가를 빼 물었지만, 끝을 자르지도 않고 불을 붙이려 하는 중이었다.)

"게다가 저 안에는 완성 직전인 더 커다란 기계가 있다네."

그는 연구실 쪽을 가리키며 말했다.

"그리고 그 기계 조립이 끝나고 나면, 내가 직접 여행을 해 볼까 생각하고 있지."

"그 기계가 미래로 날아갔다고 말하고 싶은 건가?"

필비가 물었다.

"미래일 수도 있고 과거일 수도 있지. 나도 정확하게 어느 쪽인지 알지 못한다네."

잠시 후, 심리학자에게 한 가지 생각이 떠올랐다.

"어디론가 갔다면 분명 과거로 갔을 걸세."

"그건 왜?"

시간여행자가 물었다.

"만약 그 기계가 공간 안에서 움직이지 않았고, 미래로 이동했다면, 그놈은 이 자리에 항상 존재했어야 하기 때문이지. 우리가 있는 시간 속에서 움직였을 거 아닌가."

"하지만 그것이 과거로 움직였다고 하면, 우리가 처음 이 방에 들어왔을 때 볼 수 있었어야 하지 않겠나? 그리고 우리가 지난 목요일에 여기 있었을 때도, 그 전 목요일에도, 계속해서 말이지!"

나는 이렇게 말했다.

"의미 있는 반론일세."

시장이 공정한 판관의 자세를 잡으며, 시간여행자 쪽을 돌아보고 말했다.

"전혀 그렇지 않네."

시간여행자는 이렇게 말하고는 심리학자 쪽을 보았다.

"생각해 보게. 자네라면 설명할 수 있는 현상이잖은가. 우리가 관찰할 수 있는 수준에 미치지 못하는, 존재감이 희박한 관념이라고 생각한다면 어떨까?"

"아하, 알겠군."

심리학자는 이렇게 말하고는 우리에게 설명해 주기 시작했다.

"심리학의 기본 개념 중 하나지. 생각해 냈어야 하는데. 상당히 단순한 이론이지만 이 패러독스를 꽤 매끄럽게 해결해 줄 수 있지. 돌아가는 마차 바퀴의 살이나 허공을 날아가는 총알을 볼 수 없는 것과 같은 이치로, 우리는 그 기계를 보거나 인식할 수가 없는 거지. 만약 그 기계가 우리보다 오십 배나 백 배 빠른 속력으로 여행하고 있다면, 그래서 우리가 일 초를 보내는 동안 일 분을 움직인다면, 그 기계가 만들어 내는 흔적은 시간여행을 하지 않을 때의 흔적에 비해 오십 분의 일이나 백 분의 일밖에는 되지 않을 걸세. 간단한 문제지."

그는 기계가 있었던 곳의 허공에 대고 손을 저어 보였다.

"알겠나?"

그는 웃으며 덧붙였다.

우리는 그대로 그 자리에 앉아서 일 분 정도 텅 빈 탁자 위를 바라보고 있었다. 잠시 후, 시간여행자는 우리에게 무슨 생각을 했는지 물어보았다.

"오늘 밤에는 자네 얘기가 충분히 설득력 있게 들리는군."

의사가 말했다.

"하지만 내일까지만 기다려 보자고. 아침이 되어 정상적인 사고

가 돌아온 뒤에 판정하는 게 낫겠어."

"타임머신을 직접 보고 싶은가?"

시간여행자가 물었다. 그리고 그는 램프를 손에 든 채로 자신의 연구실로 통하는 서늘한 바람이 부는 긴 복도를 앞장서 걸어가기 시작했다. 나는 바람에 날리던 램프 불빛, 묘하게 큰 그의 머리 윤곽, 춤추는 그림자들의 모습을 전부 기억하고 있다. 우리 모두가 궁금해하지만 회의적인 태도로 그를 따라간 것, 그리고 연구실에 도착한 후 방금 눈앞에서 사라진 작은 기계의 확대판을 보게 된 것까지도. 니켈, 상아, 수정을 깎거나 잘라 내어 만든 부품들이 곳곳에 보였다. 그 기계는 거의 완성되어 있었지만, 작업대 위에는 몇 장의 도면 옆에 뒤틀린 수정 막대 모양의 부품이 채 완성되지 않은 채로 놓여 있었다. 나는 하나를 집어 들어 자세히 살펴보았다. 그 막대는 석영으로 만들어진 것 같았다.

"자네 정말 진지한 건가?"

의사가 물었다.

"아니면 지난 크리스마스에 보여 주었던 유령처럼, 이것도 속임수인 건가?"

"나는 이 기계를 이용해 시간을 탐험할 생각이네."

시간여행자는 램프를 높이 들며 말했다.

"내 생애 이보다 더 진지했던 적은 없다네."

우리들 중 누구도 그 말을 어떻게 받아들여야 할지 알지 못했다.

나는 의사의 어깨 너머로 필비와 눈이 마주쳤고, 그는 근엄한 표정으로 나를 향해 윙크를 해 보였다.

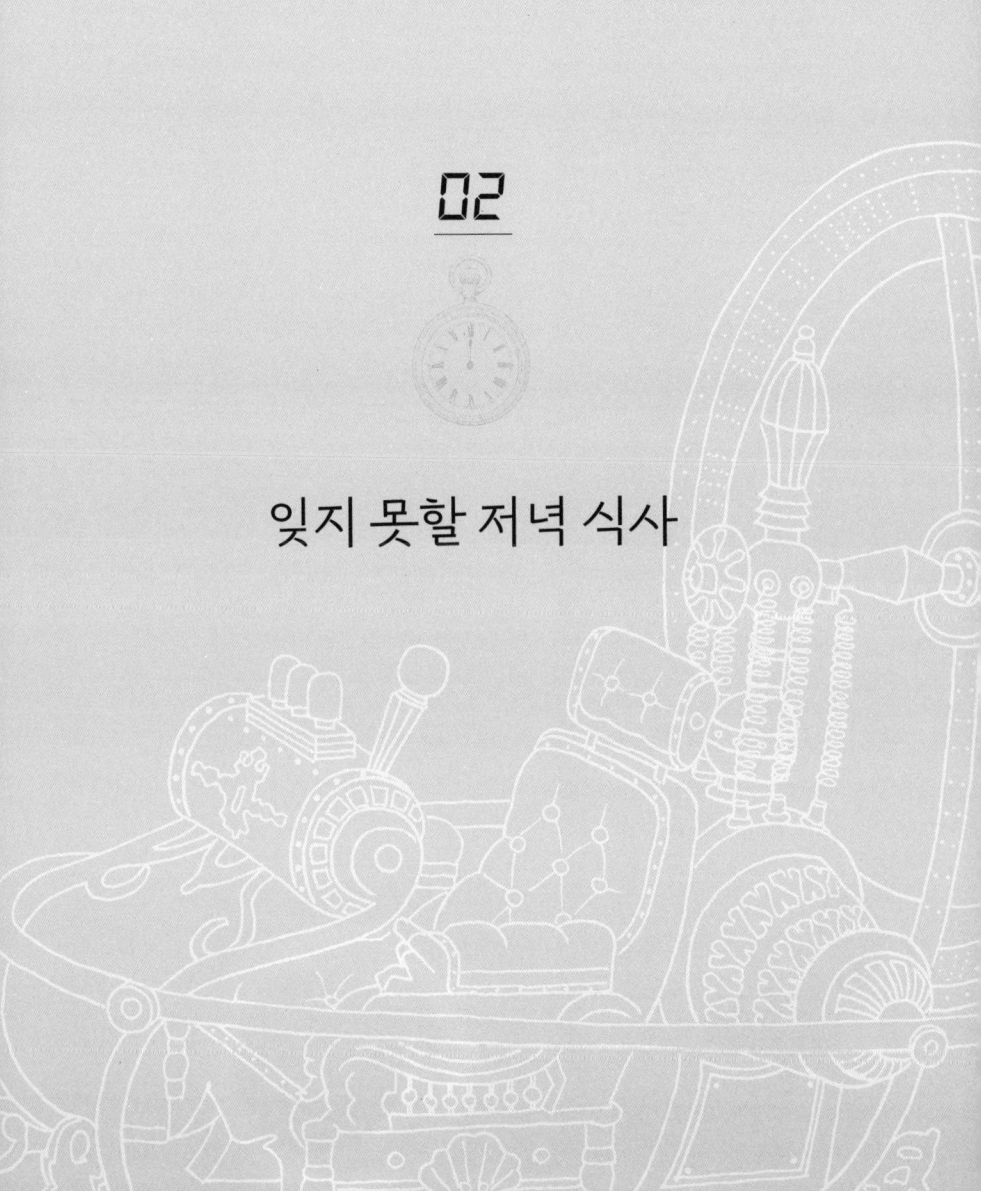

02

잊지 못할 저녁 식사

당시에는 우리 중 그 누구도 타임머신을 믿지 않은 듯하다. 문제는 시간여행자가 무작정 믿어 버리기에는 너무 영리한 부류의 사람이라는 것이다. 누구도 그 주변의 모든 것을 알고 있다고 생각하는 사람은 없었다. 그의 명쾌한 솔직함 뒤에는 언제나 교활한 대비책이나 숨겨 놓은 재주 한 가지가 감춰져 있는 듯한 느낌이 들었다. 만약 필비가 똑같은 모형을 보여 주면서 시간여행자의 말을 그대로 사용해 같은 내용을 설명했다면, 우리는 의심의 눈초리를 훨씬 적게 보냈을 것이다. 그의 의도를 꿰뚫어 볼 수 있었을 테니까. 돼지고기 써는 일을 하는 푸줏간 주인이라도 필비의 속마음은 어렵지 않게 이해할 수 있을 테니 말이다. 그러나 시간여행자의 주변에는 언제나 가벼운 변덕의 냄새가 흘렀고, 따라서 우리는 그를 신뢰하지 못했다. 그보다 덜 영리한 사람이 제안했더라면 영예를 얻게 되었을 일도, 그가 주장하니 속임수로만 보였던 것이다. 역시 일을 너무 손쉽게 잘 처리하는 것도 현명한 일은 아니다. 게다가 진지한 사람들은 그의 행실 때문에 의심을 감추지 못했다. 자신의 명성을 걸고 그에 대한 평가를 내리는 일이, 마치 얇은 도자기로 보육원을 장식하는 것만큼이나 위태로운 일이라는 사실을 어떤 식으로든 깨닫고 있었던 것이다.

따라서 내 생각으로는, 우리 모두 그와 만난 목요일부터 다음 목요일이 될 때까지 시간여행에 대해서는 그리 언급하지 않았을 성싶다. 물론 거의 모두 마음속으로는 시간여행이 가지는 묘한 가능성에 대해 생각을 멈출 수 없었겠지만 말이다. 그 거짓말 같지만 가능성 있는 논리가, 시간여행이 불러올 수 있는 시간 왜곡과 완벽한 혼란의 흥미로운 가능성이, 우리를 사로잡았다. 나로 말하자면 그 모형을 이용한 속임수에 특히 푹 빠져 있었다. 의사와 린네 학회[+]에서 금요일에 만나 그것에 대해 토론을 했던 기억이 난다. 그는 튀빙겐[++]에서 비슷한 속임수를 보았으며, 촛불이 꺼졌다는 사실이 상당히 중요하다고 강조를 해 댔다. 그러나 그 속임수의 세부 사항에 대해서는 그도 설명을 못 했다.

그다음 주 목요일, 나는 다시 리치먼드[+++]로 향했다. 아마도 나

[+] 런던 린네 학회Linnean Society of London. 현재까지도 세계에서 가장 권위 있는 분류학·박물학 학회 중 하나로, 스웨덴의 분류학자 카를 폰 린네의 이름을 따서 1788년 만들어졌다.

정도면 시간여행자에게 있어 가장 지속적인 손님이 아닐까 싶다. 늦게 도착한 나는 이미 네다섯 명의 사람들이 응접실에 모여 있는 것을 볼 수 있었다. 의사는 한 손에는 종이 한 장을 들고, 다른 한 손에는 회중시계를 든 채로 벽난로 앞에 서 있었다. 나는 고개를 돌려 시간여행자를 찾아 보려 했지만, 의사가 먼저 입을 열었다.

"이제 일곱 시 반이 되었군. 먼저 저녁 식사를 하는 편이 어떻겠나?"

"○○는 어디 있나?"

나는 집주인을 지칭하며 말했다.

"자네 방금 온 모양이지? 좀 묘하게 됐네. 늦을 수밖에 없는 사정이 생긴 모양이야. 내게 이 쪽지를 남겼는데, 일곱 시까지 자기가 돌아오지 않으면 먼저 저녁 식사를 시작하라는군. 돌아오면 다 설명해 주겠다고 했네."

"음식을 망치기는 아깝지 않나."

유명한 일간지의 편집자가 이렇게 말했다. 그 말에 따라, 의사는

✛✛   독일 남부 바덴뷔르템베르크주에 위치한 대학 도시.

✛✛✛   런던 남서부의 주택 지구로, 대런던Greater London이 형성되지 않았던 당시에는 서리Surrey주에 속해 있던 런던의 근교 지역 중 하나였다. 중세에 마을이 형성된 이후 상업·주거 지역으로 계속 발달해 왔으며, 빅토리아 시대 당시에는 부유한 이들이 사는 고급 주택가가 형성되어 있었다. 주택 지구 주변으로는 넓은 녹지대와 템스강 변을 끼고 있는 언덕(리치먼드 힐)이 있으며, 시간여행자가 처음 도착한 곳이 이 언덕일 것으로 짐작된다.

종을 울렸다.

　지난 저녁 식사 때 있었던 사람은 나와 의사, 그리고 심리학자뿐이었다. 나머지 사람들은 아까 말했던 편집자인 블랭크, 기자 한 사람, 그리고 조용하고 수줍음을 타는, 수염을 기른 남자 하나뿐이었다. 이 남자는 내가 잘 모르는 사람이었고, 내 기억으로는 저녁 내내 한 마디도 하지 않았다. 저녁 식사 자리에서는 시간여행자가 왜 자리를 비운 것인지에 대해 여러 추측이 오갔고, 나는 반쯤 농담하는 기분으로 그가 시간여행을 떠났을 수도 있다고 말했다. 편집자는 조금 더 자세한 설명을 듣고 싶어 했고, 심리학자가 나서서 지난주 그날에 보았던 '교묘한 패러독스와 속임수'에 대해 무미건조하게 설명해 주었다. 설명이 한창인 도중 복도로 통하는 문이 천천히 그리고 조용히 열리는 것이 보였다. 문 쪽을 향해 앉아 있던 덕분에 나는 그 모습을 가장 먼저 볼 수 있었다.

　"이보게! 마침내 왔군!"

　내가 말했다. 그리고 문이 조금 더 열리고 시간여행자가 우리 앞에 모습을 드러냈다. 나는 깜짝 놀라 소리를 지를 수밖에 없었다.

　"세상에! 이봐, 자네 무슨 일이 있었던 건가!"

　나에 이어 두 번째로 그를 본 의사가 이렇게 소리쳤고, 곧 식탁에 앉은 모든 사람들이 문 쪽을 바라보았다.

　그는 놀라운 몰골을 하고 있었다. 외투는 먼지투성이에 지저분

했고, 소매 아래쪽은 녹색 액체로 젖어 있었다. 머리는 거의 산발에, 내 눈에는 조금 더 회색으로 변한 것처럼 보였다. 먼지와 흙 때문이거나 아니면 실제로 세어 버린 듯했다. 얼굴은 유령처럼 창백했고, 턱에는 반쯤 아문 듯한 갈색의 흉터가 보였다. 게다가 지독한 고통을 겪은 듯 지치고 우울한 표정이었다. 그는 빛 때문에 눈이 부신 듯 잠시 문가에서 머뭇거린 후 방으로 들어왔다. 마치 언젠가 보았던 병이 난 떠돌이 부랑자 같은 걸음걸이였다. 우리는 아무 말 하지 않고, 그가 입을 열기만을 기대하며 그를 바라보았다.

그는 한 마디도 하지 않고, 힘겹게 탁자로 와서 와인을 향해 손짓을 해 보였다. 편집자가 샴페인 한 잔을 따라 그 쪽으로 밀어 주었다. 그것을 쭉 들이켜고 나자 그의 상태도 조금 나아지는 듯 보였다. 탁자에 앉은 이들을 둘러보는 그의 얼굴에 예전 미소의 그림자 같은 것이 스쳐 지나갔기 때문이다.

"대체 그동안 무슨 일이 있었던 건가?"

의사가 물었다. 시간여행자는 그의 말을 듣지 못한 듯했다.

"나한테는 신경 쓰지 말고 어서들 들게. 나는 괜찮으니까."

그는 묘하게 더듬거리며 말했다. 시간여행자는 말을 멈추고 잔을 내밀어 와인을 더 청하고는, 이번에도 단숨에 잔을 비워 버렸다.

"훨씬 낫군."

그가 말했다.

이제 눈에도 광채가 돌아오고, 뺨에도 희미하게 붉은 기운이 도는 듯했다. 그는 어렴풋이 주변을 알아보는 듯한 멍한 눈으로 우리들의 얼굴과 따뜻하고 편안한 방 안을 빙 둘러보고는, 다시 입을 열었다. 여전히 단어를 생각해 내느라 머뭇거리는 말투였다.

"씻고 옷을 갈아입은 다음에, 다시 내려와서 설명을 하겠네……. 양고기 좀 남겨 주게나. 고기가 먹고 싶어 죽을 지경이니까."

그리고 그는 자주 찾아오지 않는 손님인 편집자 쪽을 보며 안부를 물었다. 편집자는 그 기회를 놓치지 않고 즉시 질문을 던졌다.

"곧 말해 주겠네."

시간여행자는 대답했다.

"기분이 묘하군! 금방 괜찮아질 걸세."

그는 잔을 내려놓고는 계단으로 향하는 문 쪽으로 걸어갔다. 나는 그가 여전히 절뚝거리며 발소리를 죽여 걷고 있다는 사실을 깨달았다. 게다가 자리에서 일어나 그가 나가는 모습을 바라보고 있었기 때문에 그의 발을 볼 수 있었다. 다 해어지고 피에 절은 양말 말고는 아무것도 신고 있지 않았다. 그가 나가고 방문이 닫혔다. 순간 따라가 보아야 하나 하는 생각이 들었지만, 그가 자신에 대해 귀찮게 구는 일을 얼마나 싫어하는지를 기억해 내고는 곧 포기했다. 나는 생각을 정리하며 앉아 있었다. 그러고 있을 때 편집자의 말이 귀에 들어왔다.

"저명한 과학자의 괴상한 언행."

평소 습관대로 기사 표제를 짜고 있는 모양이었다. 덕분에 나는 다시 밝은 저녁 식탁으로 주의를 돌릴 수 있었다.

"이게 무슨 일인가? 어디 가서 떠돌이 행상 흉내라도 내고 있던 걸까? 도대체 어떻게 된 건지 모르겠군."

기자가 물었다. 나는 심리학자와 눈이 마주쳤고, 그의 얼굴에서 나와 같은 생각을 읽어 낼 수 있었다. 힘겹게 계단을 올라가는 시간여행자의 모습이 떠올랐다. 다른 사람들은 그가 다리를 절고 있다는 사실을 알아채지 못한 듯했다.

처음으로 놀라움에서 완전히 회복된 사람은 의사였다. 그는 종을 울려—시간여행자는 식사 자리에 하인들이 대기하는 것을 싫어했기 때문에—뜨거운 음식을 가져오게 했다. 그러자 편집자는 끙하는 소리와 함께 다시 포크와 나이프를 들었고, 조용한 남자가 그의 행동을 따랐다. 다시 식사가 시작되었다. 잠시 동안 놀라움과 감탄이 섞인 대화가 이어졌다. 이윽고 편집자의 호기심은 흠뻑 달아올라 버렸다.

"우리 친구가 혹시 수입이 부족해서 안 좋은 일에 손을 댄 걸까? 아니면 네부카드네자르[+]처럼 황야에서 풀이라도 뜯어 먹게 된 건

[+] 네부카드네자르 2세. 신바빌로니아의 왕으로, 이집트를 격파하고 유대를 함락하여 바빌론의 황금시대를 열었다. 구약 다니엘서에는 이 왕이 유대인 예언자 다니엘의 예언에 따라 광기에 사로잡혀 짐승과 같은 꼴로 황야에서 풀을 뜯어 먹게 되는 장면이 나온다.

아닐까?"

그의 질문이었다.

"내 생각에는 분명 타임머신과 관계된 일인 것 같네."

나는 이렇게 말하고, 심리학자의 뒤를 이어 지난번 회합에서 있었던 일을 마저 설명하기 시작했다. 그 자리에 없었던 사람들은 대놓고 믿을 수 없다는 반응을 보였다. 편집자는 즉각 반대 의견을 내놓았다.

"대체 그 시간여행이라는 것이 뭔가? 패러독스 안에서 뒹굴면 그렇게 먼지투성이가 되는 모양이지?"

그러고는 자신의 농담이 마음에 들었는지, 계속해서 비꼬는 투로 지껄여 대기 시작했다.

"미래에는 옷솔이 없는 모양이군."

기자 역시 뭘 해도 그 이야기를 믿어 주지 않을 듯했고, 모든 일을 그저 조롱거리로 치부하는 손쉬운 방식에 동참했다. 두 사람 모두 신세대 언론인, 즉 매우 쾌활하고 예의 없는 젊은이였다.

"우리 특파원의 보고에 따르면……."

기자가 이렇게 말을 꺼냈을 때, 시간여행자가 돌아왔다. 평소와 같은 실내복 차림이었고, 나를 놀라게 했던 변화 중에서 남아 있는 것이라고는 초췌한 얼굴뿐이었다.

편집자가 그를 보며 유쾌하게 소리쳤다.

"이 친구들의 말에 따르면, 자네, 다음 주 중반 무렵을 여행하고 왔다면서! 리틀 로즈버리✢에 대한 이야기 좀 해 보게. 정보료는 얼마나 받을 생각인가?"

시간여행자는 대답하지 않고 자신을 위해 비워 놓은 자리로 와서 앉았다. 그는 예전과 마찬가지로 조용하게 웃음을 지어 보였다. 그가 입을 열었다.

"내 양고기는 어디 있나? 다시 고기에 포크를 찔러 넣을 수 있게 되다니 너무도 행복하군!"

"이야기 좀 해 보라니까!"

"이야기는 얼어 죽을!"

시간여행자가 소리쳤다.

"뭐 좀 먹게 해 주게. 동맥에 펩톤이 흐르게 되기 전에는 한 마디도 하지 않겠네. 아, 고맙네. 소금도 좀 주게."

"딱 하나만 묻지. 자네 시간여행을 한 건가?"

내가 물었다.

"그렇네."

시간여행자는 음식을 한입 가득 문 채로, 고개를 끄덕이며 말했다.

✢ 아치볼드 필립 프림로즈. 대영 제국 최후의 자유당 수상으로, 글래드스턴 사임 이후 자유당 당수이자 수상의 지위를 맡는다. 외무상 재임 시기부터 불거진 불안한 외교 정책으로 인해 당대에 여러 비난을 받았던 정치가이다.

"자네 이야기 기록 한 줄당 일 실링씩 주겠네."

편집자가 말했다. 시간여행자는 조용한 남자 쪽으로 와인 잔을 밀고는 손톱 끝으로 가볍게 두드려 울리는 소리가 나게 했다. 조용한 남자는 그의 얼굴만 바라보고 있다가 움찔 놀라서는 그에게 와인을 따라 주었다. 이후 저녁 식사 시간 내내 불편한 분위기가 이어졌다. 나로 말하자면 계속해서 갑작스런 질문들이 입술까지 올라오곤 했고, 다른 사람들도 마찬가지였던 모양이다. 기자는 헤티 포터⁺에 대한 일화를 말하며 분위기를 가라앉히려 했다. 시간여행자는 굶주린 부랑자와 같은 식욕을 보이며 음식에만 집중하고 있었다. 의사는 담배를 피워 물고는 눈을 가늘게 뜨고 시간여행자를 지켜보았다. 조용한 남자는 평소보다 더 어눌해 보이는 태도로, 불안감을 죽이기 위해 계속해서 일정한 속도로 샴페인을 들이켜고 있는 듯 보였다. 마침내 시간여행자가 자기 접시를 물리고는 우리들을 돌아보았다.

"아무래도 사과를 해야 할 것 같군. 그저 배가 너무 고팠을 뿐이네. 정말로 놀라운 일을 겪었고."

그는 손을 뻗어 시가를 하나 가져와서는 끄트머리를 잘라 냈다.

"하지만 먼저 흡연실로 가기로 하지. 기름투성이 접시를 앞에 놓고 하기에는 너무 긴 이야기니까 말이야."

⁺ 작가의 당대에 유명했던 연예인 또는 사교계 인사로 보이나, 정확히 어떤 인물인지는 알려져 있지 않다.

그는 먼저 자리에서 일어나 옆방으로 향하며 종을 울렸다.

"블랭크, 대시, 초즈에게 기계에 대해 말한 모양이지?"

그는 자기 안락의자에 앉으며, 새로 온 손님 세 명의 이름을 언급하며 내게 물었다.

"하지만 그건 단순히 패러독스일 뿐이지 않나."

편집자가 말했다.

"오늘 밤에는 논쟁할 기분이 아니네. 이야기는 해 줄 수 있지만, 논쟁할 생각은 없어."

그는 말을 이었다.

"자네들이 원한다면 내가 겪은 일을 말해 주기는 하겠지만, 내 말을 자르는 일은 삼가하도록 하게. 나는 이야기를 하고 싶네. 지독하게 말이야. 내 이야기의 대부분은 거짓말처럼 들릴 걸세. 그러면 또 어떤가! 내 이야기는 전부 진실일세. 딘이 하나하나가, 모두 동일하게 말이야. 나는 네 시에 연구실에 있었고, 그때부터…… 지금까지 팔 일이 흘렀네……. 그 어떤 인간도 지금까지 겪어 본 적 없는 팔 일일세! 지금 탈진해 쓰러질 지경이지만, 자네들에게 이 이야기를 전부 하지 않고는 잠들지 않을 걸세. 모두 다 끝난 후에 침실로 가지. 하지만 절대 끼어들지 말게나! 다들 동의하나?"

"동의하지."

편집자가 말했고, 우리 모두가 그를 따라 말했다.

"동의하네."

그러고 나서, 시간여행자는 지금 내가 여기에 적으려 하는 이야기를 시작했다. 처음에는 의자에 몸을 묻고 피로에 찌든 사람처럼 말하기 시작했지만, 이윽고 조금씩 활력이 생겼다. 지금 이 글을 적고 있는 나로서는 그의 훌륭한 이야기를 옮기는 일에 펜과 잉크가 얼마나 부적합한 도구인지, 그리고 무엇보다도 나 자신이 얼마나 부족한지를 절감할 뿐이다. 독자 여러분은 아마 충분히 주의를 기울이고 있을 것이다. 그러나 여러분은 작은 램프에서 나오는 밝은 불빛을 받아 빛나는 창백하고 진지한 화자의 얼굴을 볼 수도 없고, 그의 목소리에 담긴 어조를 들을 수도 없다. 이야기의 진행에 따라 그의 표정이 어떻게 변했는지도 알 수가 없는 것이다! 그의 이야기에 귀를 기울이는 우리들은 대부분 어둠 속에 있었다. 흡연실의 양초를 켜지 않았기 때문이다. 기자의 얼굴과 조용한 사람의 무릎 아래쪽 다리만이 조명 아래 들어와 있었다. 처음에는 우리도 서로의 얼굴을 번갈아 바라보기만 했다. 시간이 조금 흐른 후부터는, 우리 모두 그런 일을 멈추고 시간여행자의 얼굴만 바라볼 수밖에 없었다.

03

시간여행을 다녀오다

"자네들 중 몇 명은 지난 목요일에 타임머신의 원리에 대해 들었고, 내 작업실에서 미완성인 기계를 직접 보기도 했었지. 이제는 그 자리에 완성품이 있다네. 여행 때문에 조금 낡기는 했지만 말이야. 상아 막대 중 하나에 금이 가고 황동 가로대가 휘어지기는 했지만, 나머지 부분은 아주 멀쩡하네. 사실 금요일까지 제작을 끝낼 생각이었네. 하지만 금요일에 조립을 거의 끝마친 다음에야 니켈 막대 중 하나가 정확히 1인치(약 2.5센티미터) 짧다는 사실을 발견해서 그 부품을 다시 주문해야 했지. 그래서 오늘 아침까지 그 기계가 완성되지 않은 걸세.

세계 최초의 타임머신이 작동하기 시작한 것은 오늘 아침 열 시 정각이 되어서였네. 마지막으로 한 번 두드려 주고, 나사를 전부 다시 조여 보고, 수정 막대에 기름을 한 방울 더 쳐 준 다음, 마침내 안장에 자리를 잡았지. 그때 내가 느끼고 있던 두려움을 이해할 수 있는 사람은 머리에 권총을 겨누고 자살하기 직전인 사람 정도일 걸세. 시동 조종간을 한쪽 손에, 정지 조종간을 반대쪽 손에 잡고는, 앞의 조종간을 누른 다음 거의 바로 뒤이어 뒤의 조종간을 눌렀네. 순간 현기증이 찾아 왔다네. 악몽 속에서 추락할 때와 비슷한 기분이었지. 그리고 주변을 둘러보니 예전과 똑같은 연구실의 모습이 눈에 들어왔네. 아무 일도 일어나지 않았단 말인가? 한순간 내 지성이 나를 배반한 것인가 하는 의문이 들었다네. 그러다 나는 시계를 바라보았지. 방금 전에만 해도 열 시 일 분 정도였는데, 이제는 세 시 반이 넘었지 뭔가!

나는 심호흡을 하고 이를 악문 다음, 이번에는 시동 조종간을 양손으로 쥐고는 힘주어 눌렀네. 연구실의 모습이 희미해지더니 곧 어두워졌지. 워쳇 부인이 방 안으로 들어왔다가, 나를 보지 못한 듯 정원 쪽 문으로 다시 나갔네. 아마 일 분 정도 방 안을 돌아다녔겠지만, 내게는 그녀가 마치 로켓과도 같이 방 안을 가로질러 날아가는 것으로 보였지. 나는 조종간을 최대로 눌렀네. 램프 불이 꺼지듯 밤이 찾아왔고, 다음 순간 날이 밝았네. 연구실의 형상이 흐릿해지나 싶더니 빠르게 희미해지기 시작했지. 다시 밤의 어둠이 오고, 다시 낮, 다시 밤, 다시 낮, 점점 더 반복되는 주기가 짧아지기 시작했네. 소용돌이치는 소리가 귓가를 가득 채웠고, 기묘하고 먹먹한 혼란이 내 마음속에 내려앉았지.

시간여행에서 느끼는 묘한 감각을 말로 옮기기는 힘들 듯하군. 극도로 불쾌한 느낌이었다네. 스위치백[+]을 타면 느끼는 것과 정확하게 동일한 감각이었지. 그것도 꼭대기에서 아래로 떨어지는 순간 말이야! 그대로 땅에 들이박아 박살이 날 것 같은 끔찍한 공포마저도 똑같았다네. 속도가 붙으니 낮과 밤이 찾아오는 것이 마치 검은 날개를 펄럭이는 것처럼 보이기 시작했다네. 희미하게 보이던 연구실의 모습이 완전히 보이지 않게 되어 버렸고, 태양이 하늘 높이 껑충 뛰어오르는 모습이 직접 눈에 들어오게 되었네. 하늘로 솟구치며 나의 한순간이 하루임을 나타내 주면서 말이야. 나는 연구실이 파괴되어 밖으로 나오게 된 것이라 생각했지. 어딘가 높은 지대 위에 놓여 있는 기분이 들었지만, 이미 내 속도는 움직이는 물체를 지각할 수 없을 정도로 빠른 상태였다네. 세상에서 가장 느리게 기어가는 달팽이조차도 내가 보기에는 너무 빠를 지경이었지. 연속해서 반복되는 낮과 밤의 깜빡임 때문에 눈이 극도로 피곤해졌다네. 이윽고 반복해서 찾아오는 어둠 속에서 초승달에서 보름달로 변해 가며 회전하는 달의 모습과, 원을 그리며 회전하는 별의 모습을 희미하게 알아볼 수 있게 되었네. 계속해서 가속하다 보니

[+] 19세기의 롤러코스터. 최초의 스위치백은 1850년에 미국에서 만들어졌고, 영국에는 1889년 처음 도입되었다.

반복되는 낮과 밤은 곧 하나의 회색 배경으로 합쳐져 버렸지. 하늘은 황혼이 시작될 무렵의 놀랍도록 아름다운 짙은 푸른색을 띠었네. 태양이 빛나는 아치를 그리며 솟아오르는 불길과도 같이 하늘을 가로질렀고, 달은 보다 희미하게 깜빡이며 고리를 만들었네. 이제 별은 전혀 보이지 않았네. 가끔 하늘보다 살짝 밝은 푸른색 원이 반짝이며 모습을 보이는 것을 제외하고는 말이야.

주변은 안개가 낀 것처럼 흐릿하기만 했네. 나는 여전히 지금 이 집이 서 있는 언덕배기에 있었고, 등 뒤에서는 희미하게 보이는 회색의 산등성이가 나를 내려다보고 있었지. 수증기가 뿜어져 나오듯 나무가 성장하고 한때는 갈색으로, 한때는 녹색으로 바뀌는 광경이 보였네. 나무들이 자라고, 뻗어 나가고, 시들고, 죽어 가고 있었지. 희미하고 아름다운 거대한 건물들이 뻗어 올라가서는 꿈속과 같이 지나가는 광경도 보였네. 지구의 표면 전체가 변하는 것 같았어. 내 눈앞에서 녹아 흐르듯 말이야. 내 속도를 나타내는 다이얼의 작은 눈금은 점점 더 빠르게 돌아가고 있었네. 나는 곧 태양이 만드는 고리가 일 분에 걸쳐 하지에서 동지까지 위아래로 이동한다는 사실을 발견했고, 그로부터 내가 일 분에 일 년의 속도로 움직이고 있다고 추론했네. 매 분이 지나갈 때마다 흰 눈이 잠깐 하얗게 반짝이고는 사라져서 마찬가지로 금세 사라져 버리는 봄의 푸른색에 자리를 내주었네.

처음의 불쾌한 느낌은 이제 조금 덜해지고 있었다네. 결국은 일종의 히스테리에 가까운 흥분 상태가 되어 버렸지. 그때, 나로서는 알 수 없는 이유 때문에 기계가 둔중하게 흔들리는 느낌이 들기 시작했다네. 하지만 정신이 너무 혼란스러운 상태라 조치를 취할 수가 없었고, 결국 내 마음속에서 자라나고 있던 광기를 따라 미래로 날아가기 시작했네. 처음에는 이런 감각에 사로잡힌 바람에 그 외에는 아무런 생각도, 심지어는 멈출 생각조차도 할 수가 없었네. 하지만 얼마 지나지 않아 호기심과 두려움이 뒤섞인 새로운 생각이 떠오르기 시작했고, 마침내 내 마음을 완전히 사로잡아 버렸지. 인류가 이루었을 기묘한 발전, 우리의 원시적인 문명이 다다랐을 놀라운 진보가, 내 눈앞에서 깜빡이며 스쳐 지나가는 저 흐릿한 세계 안에서 모습을 드러낼 수도 있지 않겠나! 주변에 훌륭하고 웅장한 구조물이 일어서는 모습이 보였네. 우리 시대의 그 어떤 건물보다도 거대한데도 마치 희미한 빛과 안개로 지은 듯한 모습이었지. 언덕을 따라 보다 선명한 초록빛이 깔리는 모습과, 그 초록색이 전혀 시들지 않고 계속 남아 있는 모습도 보았네. 혼란이라는 장막 너머로 본 모습인데도 불구하고, 주변은 매우 아름다워 보였네. 그리고 나도 슬슬 여행을 멈추는 일에 대해 생각하게 되었지.

이 경우의 특수한 위험성은 바로 나와 기계가 차지하는 공간에 다른 물체가 존재할 수도 있다는 것이었네. 내가 빠른 속도로 시간 속을 여행하는 동안은 별문제가 되지 않네. 그동안의 나는 말하자면 밀도가 낮은 상태라 할 수 있으니 말이야. 증기와 같이 가로막는 물체를 투과해 지나갈 수 있는 거지! 하지만 멈추려고 했다가는 내 앞에 있는 물체와 말 그대로 분자 단위에서 엉켜 버릴지도 모르는 일 아닌가. 그랬다가는 내 몸을 구성하는 원자들이 장애물의 원자들과 극도로 밀착한 상태가 될 것이고, 엄청난 화학 반응이, 아마도 놀라운 규모의 폭발이 일어날 것이며, 나와 내 기계는 산산조각이 나서 가능한 모든 차원 속으로, 미지의 세계로 날아가 버리게 될 것이네. 이런 가능성은 기계를 만드는 동안에도 계속 생각을 했던 것이지만, 그 당시에는 그저 피할 수 없는 위험일 뿐이라고 가볍게 받아들였었지. 인간이라면 당연히 치러야 할 대가라고 말이야! 그러나 이제 그 위험을 피할 수 없는 상황이 되자, 도저히 그런 가벼운 기분으로 바라볼 수는 없더란 말이네. 이 지독하게 기묘한 모든 일이, 멀미가 날 정도로 삐걱대고 흔들려 대는 기계가, 그리고 무엇보다도 계속해서 느껴지는 추락의 감각이, 실제로 내 신경을 뒤흔들어 놓고 있었기 때문이겠지. 이대로는 결코 멈출 수 없을 거라고 혼잣말을 하고 나니, 순간적으로 초조함이 몰려와서 당장 멈추어야겠다는 충동이 들었다네. 참을성 없는 바보처럼 조종간을 힘껏 잡아당기니 기계는 즉시 격렬하게 흔들리며 멈추었고, 나는 공중으로 힘차게 튕겨 나가 버렸네.

귓가에 천둥소리가 울렸네. 어쩌면 잠시 정신을 잃었는지도 모르겠어. 주변에는 지독하게 우박 떨어지는 소리만이 들렸고, 나는 거꾸로 뒤집힌 기계 앞의 부드러운 잔디밭에 앉아 있었네. 모든 것이 여전히 회색으로 보였지만 귀울림은 사라진 상태였네. 나는 주변을 둘러보았지. 진달래꽃 덤불로 둘러싸인, 정원 안의 작은 잔디밭 같은 곳이었네. 우박을 맞아 진하고 연한 자줏빛의 꽃잎이 사방으로 흩날리고 있었지. 기계 위로 떨어지는 우박 줄기들은 그 표면에 맞아 다시 튀어 올라 뽀얗게 구름을 이루며 춤추고, 그 아래 땅을 안개와 같이 자욱하게 덮고 있었네. 나는 순식간에 흠뻑 젖어 버렸고 속으로 이렇게 말했지.

'손님 대접이 훌륭하시군. 당신네들을 보러 셀 수도 없는 세월을 넘어온 사람인데 말이야.'

그리고 즉시 이렇게 흠뻑 젖어 있는 것이 얼마나 어리석은 일인지 깨달았다네. 나는 자리에서 일어나 주변을 둘러보았지. 흐릿한 시야 속에서, 흰색의 석재로 조각한 거대한 석상이 진달래 덤불 너머에서 굽어보고 있는 모습이 보였네. 하지만 그 외에는 다른 무엇도 보이지 않았다네.

내가 느낀 감각을 말로 설명하는 것은 힘들 듯하군. 우박 줄기가 점차 잦아들기 시작하자, 나는 그 흰색 석상을 보다 명확하게 관찰할 수 있었네. 자작나무가 겨우 어깨 정도까지 닿는 것을 보니 상당히 큰 모양이더군. 흰색 대리석으로 만든 일종의 날개 달린 스핑크스 모양이었는데, 그 날개는 몸 양쪽으로 얌전히 접혀 있는 대신 언제든 날아오를 수 있는 모양으로 활짝 펼쳐진 상태였다네. 대좌[+]는 내가 보기에는 청동으로 만든 것 같았는데 녹청이 잔뜩 끼어 있더군. 우연이겠지만 내 쪽으로 얼굴을 향해, 보이지 않는 눈으로 나를 바라보면서 입가에는 희미한 미소를 띠고 있는 느낌이 들었다네. 세월에 오래 시달린 모습이고 질병을 암시하는 불길한 느낌이 들기도 했지만 말이야. 나는 잠시 동안 그 석상을 바라보며 서 있었다네. 삼십 초 동안인지, 삼십 분 동안인지는 모르겠지만. 우박 줄기가 강해지고 약해지는 것에 따라 그 조각상 역시 앞으로 나왔다 뒤로 물러섰다 하는 듯 보였지. 마침내 내가 잠시 석상에서 눈을 뗄 수 있게 되었을 때, 나는 우박이 만든 장막이 거의 걷혔으며 곧 태양이 모습을 드러내려는 것처럼 하늘이 빛나기 시작했다는 사실을 알게 되었네.

다시 엎드려 있는 흰색 석상을 올려다보자 내 여행이 얼마나 무모한 것인지에 대한 깨달음이 새삼 밀려들어 왔네. 저 장막이 전부 걷히게 되면 대체 무엇이 나타날 것인가? 인류에게 일어나지 않은 일이 과연 무엇일까? 만약 잔혹함이 일상적인 욕망으로 정착한 세계라면 어찌할 것인가? 만약 내가 뛰어넘은 시간 동안에 우리 종족

[+] 상(像)을 안치(安置)하는 대(臺).

이 인간다움을 상실하고, 인간과는 다르며 나와 공감할 수 없는, 엄청나게 강력한 존재로 발전했다면 어떻게 할 것인가? 나는 마치 구세계의 야수와 같이 취급될 것 아니겠나. 유사점 때문에 더 끔찍하고 역겹게 보이는, 보이자마자 즉시 사살해야 하는 더러운 짐승으로 말이네.

이미 다른 웅장한 형체들이 모습을 보이기 시작했네. 복잡한 주랑과 높이 솟은 기둥을 가진 거대한 건물들, 점차 잦아들어 가는 우박 폭풍 사이로 보이는 언덕의 나무들. 나는 갑작스런 공포에 사로잡혔다네. 서둘러 타임머신으로 돌아가서는 온 힘을 다해 기계를 일으켜 세우기 시작했지. 그러는 동안 태양 빛의 기둥이 폭풍 사이를 뚫고 모습을 드러냈다네. 회색빛의 폭우는 한쪽으로 밀려나더니 유령이 땅에 끌고 다니는 옷자락마냥 사라져 버렸지. 내 머리 위로는, 여름의 강렬한 푸른 하늘 속에서 희미한 갈색 구름 빛 조각이 소용돌이치며 사라져 버리는 모습이 보였다네. 주변의 거대한 건물들은 폭풍에 젖어 번들거리고 아직 녹지 않은 우박이 처마에 쌓여 있어 명확히 눈에 띄는 모습이었네. 묘한 세계에 벌거벗은 채로 내던져진 느낌이 들었지. 어쩌면 하늘의 매가 곧 날아들 것을 알고 있으면서 탁 트인 하늘을 날고 있는 새의 기분이었을지도 모르겠네. 내 공포는 곧 격양된 감정으로 바뀌었네. 나는 잠시 숨을 몰아쉰 다음, 이를 악물고, 다시 손목과 무릎까지 사용해 바짝 기계에 달라붙었네. 마침내 기계가 내 절망적인 시도에 굴복하고는 순순히 뒤집혔네. 그 와중에 내 턱을 강타하기는 했지만 말이야. 한 손을 안장에 올리고, 다른 손은 조종간에 댄 채로, 나는 숨을 헐떡거리며 다시 기계에 올라탈 준비를 갖추었네.

일단 즉시 퇴각할 수 있는 수단을 확보하자 내 용기도 돌아왔다네. 호기심은 더 커지고 공포는 좀 덜해진 눈으로, 나는 눈앞에 펼쳐진 먼 미래의 풍경을 살펴보기 시작했네. 가까운 건물 높은 곳에 달린 원형 창문에서 화려하고 부드러운 로브를 걸친 사람들이 모여 나를 바라보고 있는 모습이 보였다네. 그들은 나를 본 모양이었고, 얼굴을 내 쪽으로 향하고 있었지.

그리고 점차 가까워지는 목소리들이 들려왔다네. 흰 스핑크스 옆의 풀숲에서 뛰어오는 사람들의 머리와 어깨가 보였지. 그들 중 하나가 내 타임머신을 세워 놓은 작은 잔디밭으로 통하는 통로에서 모습을 드러냈네. 가녀린 종족이었네. 아마도 4피트(약 120센티미터) 정도의 키였던 것 같고, 자줏빛 로브와 가죽 허리띠를 걸치고 있었지. 샌들이라고 할지, 아니면 반 장화라고 해야 할지 모를 신발을 신고 무릎까지 다리를 드러내고 있었으며, 머리에는 역시 아무것도 쓰고 있지 않았네. 그 모습을 보고서야 나는 비로소 공기가 매우 따뜻하다는 사실을 깨달았다네.

그 존재는 매우 아름답고 우아하지만, 또한 말할 수 없이 연약하게 보였네. 발갛게 달아오른 얼굴은 결핵 환자를 떠올리게 했지. 흔히 듣던 소모열 때문에 아름다워 보이는 사람들 말이야. 그 모습을 보자 갑자기 자신감이 돌아왔다네. 나는 기계에서 손을 떼었네.

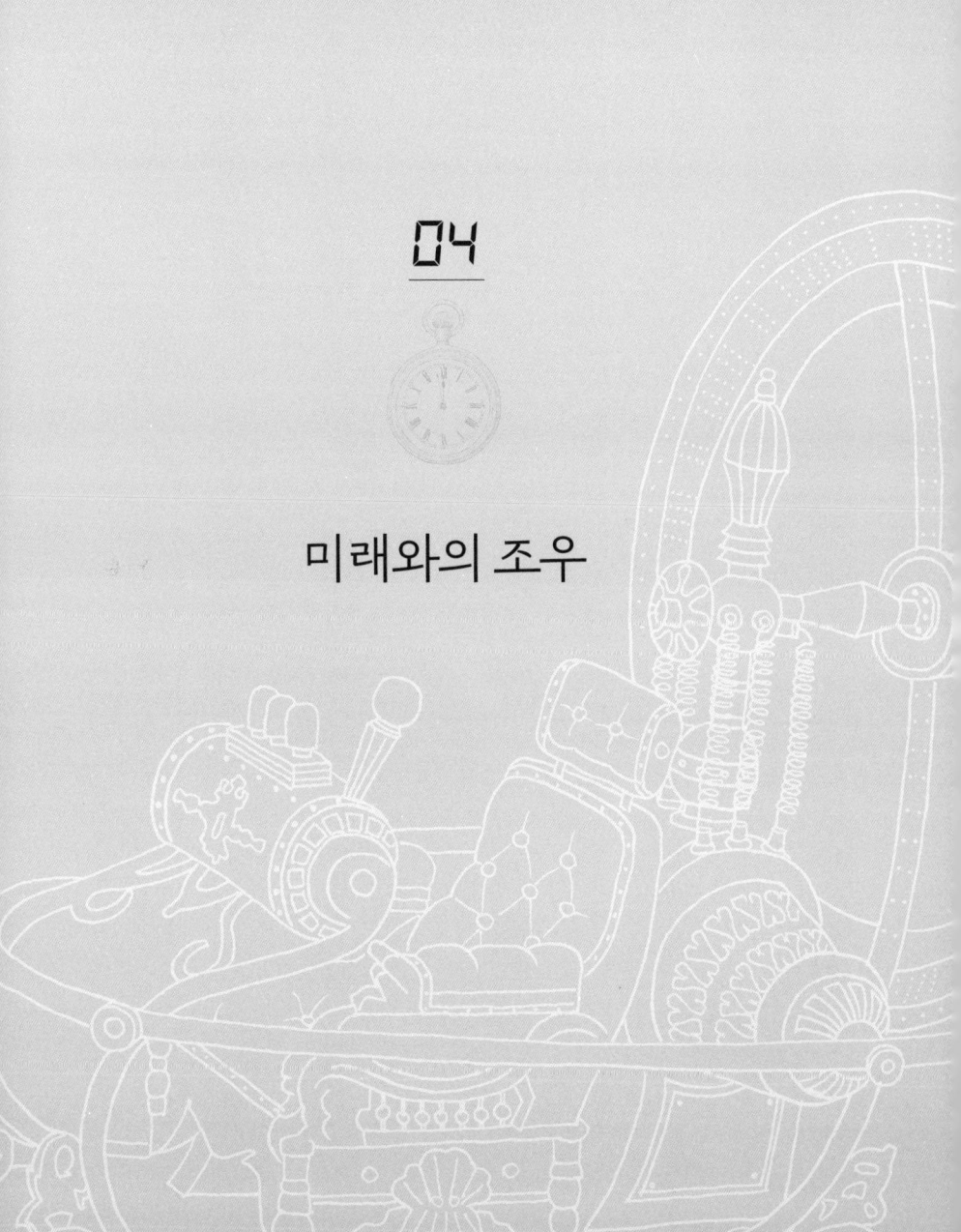

04

미래와의 조우

바로 다음 순간 우리는, 즉 미래의 연약한 존재와 나는 서로를 마주 보고 있었네. 내 앞까지 다가와서는 내가 보는 앞에서 웃더군. 그 행동에 전혀 공포의 기색이 없다는 사실이 내겐 충격이었네. 그러고 나서, 그는 자신을 따라오고 있던 다른 두 존재 쪽으로 몸을 돌리더니 매우 매끄럽고 감미로운 묘한 언어로 말을 건넸디네.

　　다른 존재들도 곧 모습을 드러냈고, 얼마 지나지 않아 아마 여덟에서 열 명 정도 되는 이 아름다운 종족들이 내 주변에 모여들었네. 그들 중 하나가 내게 말을 걸더군. 기묘한 생각이지만, 내 목소리가 그들에게는 너무 거칠고 굵은 것이 아닌가 하는 생각이 들었네. 그래서 나는 고개를 젓고, 내 귀를 가리키며 다시 한번 고개를 저었네. 그는 한 걸음 더 다가오더니, 잠시 머뭇거린 후 내 손을 만졌네. 그리고 곧 가늘고 부드러운 다른 손길들이 내 등과 어깨를 어루만지는 것이 느껴졌네. 내가 진짜인지 확인하고 싶었던 거지. 나를 두렵게 하는 요인은 전혀 없었네. 사실 그 작고 아름다운 종족을 보고 있으면 왠지 모르게 자신감이 생겨나는 듯했다네. 부드러운 우아함이랄까, 어린아이 같은 편안한 기분이 말이야. 뿐만 아니라, 이 자들은 워낙 연약해서 십여 명 정도는 볼링 핀처럼 단번에 날려 버릴 수 있을 것 같았거든. 하지만 그 친구들의 분홍빛 작은 손이 타임머신을 만지기 위해 움직이는 것이 보이자 즉시 몸을 움직여 멈추도록 경고했지. 다행히 너무 늦지는 않았지만, 나는 그때까지 잊고 있던 위험을 깨달았고, 기계의 조종간을 잡고 출발용 조종간의 나사를 풀어 빼낸 후 내 주머니에 집어넣었네. 그리고 나는 의사소통을 할 방법을 찾아 보기 위해 다시 몸을 돌렸네.

이제 보다 가까운 곳에서 그들의 모습을 보니, 그 드레스덴 도자기[+] 같은 연약한 아름다움 속에 새로운 독특한 점이 보이더군. 이 종족의 머리카락은 하나같이 곱슬머리로, 모두 목과 뺨 정도까지 내려오는 길이였네. 얼굴에는 수염의 흔적조차 찾을 수 없고, 귀는 하나같이 작았지. 작은 입에 빨갛고 비교적 얇은 입술, 그리고 뾰족하고 가는 턱을 가지고 있었네. 눈은 크고 부드러웠는데, 지금 이 말이 내

[+] 독일 드레스덴에서 만든 도자기 공예품은 1820년대 이후 영미 등지에서도 크게 인기를 끌었으며, 로코코 양식을 도입한 얇고 정교하고 섬세한 형태와 아름다운 색상으로, 실용품보다는 장식품으로 인기를 끌었다.

자만심에서 나온 것일지도 모른다고 생각할지 모르지만, 그때부터 이미 나는 그 눈 안에 내가 기대했던 것과는 다른 무관심이 깃들어 있다는 생각을 했다네.

그들은 나와 의사소통을 하려는 시도도 전혀 하지 않은 채, 내 주변을 둘러싸고 웃으며 부드럽게 소곤거리는 듯한 언어로 자기네들끼리 이야기하고 있었다네. 결국 내 쪽에서 대화를 시도할 수밖에 없었지. 나는 타임머신을 가리키고 다시 나를 가리켰지. 그리고 '시간'이라는 개념을 어떻게 설명할지 잠시 머뭇거리다가, 나는 태양을 가리켰네. 그 즉시 자주색과 하얀색 체크무늬 옷을 입은 묘하게 예쁘장한 작은 이 하나가 내 동작을 따라 하더니, 갑자기 천둥 치는 소리를 흉내 내서 나를 깜짝 놀라게 했네.

무엇을 뜻하는 것인지 분명하기는 했지만, 나는 잠시 동안 어안이 벙벙해져 있었네. 순간 이런 생각이 내 머릿속에 떠올랐네. 이 종족은 바보인 건가? 그것이 내게 무엇을 의미하는지 자네들은 이해하지 못할 걸세. 나는 80만 2천 년경의 사람이라면 지식, 예술, 그 외의 모든 면에서 우리보다 앞서 있을 거라고만 생각하고 있었단 말이네. 그런데 그들 중 하나가 갑자기 우리 시대의 다섯 살 난 아이나 할 법한 질문을 했단 말이지. 내가 천둥을 타고 태양에서 내려온 것인지 물었단 말이야! 그들의 옷과 가느다란 팔다리, 연약한 모습을 보고 유보했던 판단을 내릴 수밖에 없었네. 내 마음속으로 강한 실망의 기운이 휩쓸고 지나갔지. 순간 타임머신을 만든 일이 아무짝에도 쓸모없는 것은 아닌가 하는 생각도 했다네.

　나는 고개를 끄덕이고는 태양을 가리켜 보인 다음, 그들을 깜짝 놀라게 할 정도로 생생하게 천둥소리를 흉내 내 보였네. 다들 한두 발짝씩 물러서서는 고개를 숙여 보이더군. 그러더니 그들 중 하나가 내가 한 번도 본 적 없는 아름다운 꽃들로 만든 화환을 가지고 웃으며 다가와서는 내 목에 그것을 걸어 주었네. 다른 이들은 노랫가락 같은 박수갈채로 동의를 표하더니, 곧 사방으로 뛰어다니며 꽃을 찾아서 웃으며 내 쪽으로 던지기 시작했네. 내가 거의 꽃 속에 파묻힐 정도가 될 때까지 말이야. 자네들은 기나긴 문명의 세월이 만들어 낸 그 섬세하고 아름다운 꽃들을 상상조차 하지 못하겠지. 그리고 그들 중 하나가 장난감을 가까운 건물에 가져다 놓아야겠다고 제안한 모양인지, 나는 그들에게 이끌려 흰색 대리석 스핑크스 조각상 옆을 지나 회색 석재를 깎아 만든 거대한 건물 입구로 들어갔네. 스핑크스는 당황한 내 모습을 보며 웃음 짓고 있는 듯 보이더군. 그들과 함께 가는 동안 예전에 내가 자신감 있게 진지하고 지적인 후손들을 예측했던 기억이 떠오르니 절로 웃음이 나왔다네.

　건물의 입구는 거대한 데다 건물 전체 역시 엄청난 규모였다네. 나는 자연스럽게 계속해서 수가 불어 가는 작은 종족들에, 그리고 수수께끼를 감춘 채 내 앞에 활짝 열려 있는 어둡고 커다란 문들에

신경이 쏠렸다네. 그들의 머리 너머로 본 세계에 대한 전반적인 인상은 아름다운 수풀과 꽃들이 엉켜 있는 황무지랄까, 오래 방치되었지만 잡초 한 포기 없는 정원 같은 느낌이었지. 여기저기에 묘하게 생긴 흰색 꽃이 우뚝 솟아 나와 있는 것이 보였는데, 매끈한 꽃잎 한 장의 길이가 족히 1피트(약 30센티미터)는 되어 보이지 뭔가. 야생에서처럼 이곳저곳 여러 덤불 속에서 흩어져 자라고 있었는데, 그때 당시에는 자세히 관찰해 보지 못했다네. 타임머신은 진달래 덤불 사이의 잔디밭에 그대로 놔두고 온 상태였지.

문간의 아치에는 화려한 부조가 새겨져 있었지만, 나는 당연하게도 그 부조를 가까이서 관찰하지는 못했네. 지나가면서 본 바로는 고대 페니키아 양식을 연상시키는 부분이 있었고, 심하게 부서지고 풍파에 손상된 것 같다는 느낌이 들더군. 문간에서 밝은색의 옷을 입은 자들이 몇 명 더 합류했고, 우리들은 함께 안으로 들어갔네. 19세기의 허름한 의복 위에 꽃목걸이를 걸고, 밝은 색조의 로브를 걸치고 희게 빛나는 팔다리를 가진 사람들의 웃음과 재잘거리는 말소리에 둘러싸여 들어가고 있었으니, 내 모습이 꽤나 그로테스크했을 게야.

커다란 입구를 지나니 그에 비례하는 크기의 넓은 갈색 홀이 나왔네. 천장은 어두웠고, 일부는 색유리를 끼우고 일부는 유리가 없는 창문들을 통해 약간의 빛이 들어오고 있었네. 바닥은 매우 단단한 흰색 금속으로 만든 커다란 블록으로 덮여 있었네. 금속판이나 석판

같은 것이 아니라, 금속 블록 말이야. 게다가 사람이 많이 다닌 통로는 깊이 패어 있는 것으로 보아 상당히 닳은 모양이더군. 홀의 가로 방향으로는 연마한 석판으로 만든 탁자들이 셀 수도 없이 놓여 있었다네. 바닥에서 1피트 정도 높이였고, 그 위에는 과일 무더기가 쌓여 있었지. 그중 일부는 거대해진 오렌지나 나무딸기라고 짐작이 갔지만, 나머지 대부분은 아주 이상한 형태를 하고 있었다네.

탁자들 사이에는 아주 많은 수의 쿠션이 흩어져 있었네. 나를 안내해 온 이들은 이 쿠션 위에 앉으면서, 나도 그렇게 하라는 듯 손짓을 하더군. 그들은 식전 절차 같은 것도 거의 없이 맨손으로 과일을 먹기 시작했네. 껍질이나 줄기 따위는 탁자 옆에 있는 둥근 구멍 속으로 던져 넣으면서 말이야. 목이 마르고 배가 고팠기 때문에 나도 기꺼이 그들처럼 했다네. 그러면서 천천히 홀을 살펴볼 여유도 생겼지.

그리고 내게 가장 충격을 준 것은 아마도 그곳의 황폐한 분위기였을 게야. 오로지 기하학적 문양만을 나타내고 있는 창문의 스테인드글라스는 여기저기 부서져 있었고, 창문 아래쪽에 걸려 있는 커튼에는 먼지가 두껍게 앉아 있었네. 그리고 우리 근처의 대리석 탁자 구석이 부서져 있는 모습도 보였지. 그렇기는 해도 전체 분위기 자체는 극도로 화려하고 회화적이었다네. 그 홀에서 식사를 하는 자들이 아마 이백여 명은 되었을 텐데, 대부분은 가능한 한 가장 가까운데 자리를 잡고는 흥미를 보이며 나를 관찰하고 있었네. 작은 눈은 자기들이 먹고 있는 과일을 보면서 반짝이며 말이야. 모두가 똑같이 부드럽고 매끈하지만 튼튼한 직물로 만든 옷을 입고 있었다네.

　말이 났으니 말이지만, 그들이 먹는 음식은 과일뿐이었네. 먼 미래의 주민들이 엄격한 채식주의자니, 나 역시 그들과 있는 동안에는 육류를 향한 열망이 일어나더라도 과일만을 먹고 살 수밖에 없었지. 말, 소, 양, 개와 같은 짐승들 역시 어룡의 뒤를 따라 멸종의 길로 접어들었다는 사실을 알게 된 것은 나중의 일이었네. 하지만 과일은 매우 맛있었다네. 특히 내가 그곳에 있는 동안 계속 제철이었던 한 가지 과일은 세모난 껍질 안에 가루 같은 과육이 들어 있었는데, 특별히 맛이 있어서 주식으로 삼았지. 처음에는 그 온갖 이상한 과일이나 내가 본 이상한 꽃 등에 당황하기만 할 뿐이었지만, 나중에는 그것들이 가지는 중요한 의미를 알게 되었다네.

　어쨌든 지금은 먼 미래에서 과일로 만찬을 즐긴 이야기를 하는 중이지. 허기를 조금 가라앉힌 후에, 나는 이 새로운 종족의 언어를 배워야겠다고 굳게 결심했다네. 아무래도 다음으로 해야 하는 일로 가장 합당해 보이지 않나. 과일 이름으로 시작하는 편이 쉬울 듯 보여서, 나는 과일 하나를 집어 들고 질문하는 소리와 몸동작을 보이기 시작했다네. 내가 뜻하는 바를 전달하는 일이 제법 어렵더군. 처음에는 놀란 눈빛이나 자지러지는 웃음 정도의 반응밖에는 나오지 않았지만, 얼마 지나지 않아 금발의 작은 존재 하나가 내 의도를 알아채고는 반복해서 이름을 가르쳐 주었네. 내가 무얼 원하는지 알려 주기 위해 그들은 제법 오랫동안 서로 재잘거리며 이야기를 나누었고, 그런 이후 내가 가느다란 목소리로 그들의 언어를 따라 하려 했더니 다들 몹시 즐거워하더군. 여하튼 나는 아이들에 둘러싸인 학교 선생이 된 기분으로 계속해서 시도했고, 곧 최소한 스무 개는 되는 실질 명사를 구사할 수 있게 되었다네. 그다음에는 대명사와 '먹다'라는 동사를 표현하려 시도해 보았지. 그러나 그건 제법 지리한 과정이라 작은 존재들은 곧 흥미를 잃고 내 질문 공세를 빠져나가고 싶어 하기 시작했네. 나는 결국 어쩔 수 없이, 이 종족들 스스로가 원할 때마다 조금씩 가르침을 주도록 하는 편이 낫겠다는 결정을 내렸네. 그리고 얼마 지나지 않아, 그 조금이 정말로 적은 양이라는 사실을 깨달았지. 이들은 내가 지금까지 만나 본 그 어떤 민족보다 더 나태하고 더 쉽게 지치는 이들이었으니 말이야.

나는 곧 이 작은 이들이 독특한 특성을 하나 가지고 있다는 사실을 깨달았네. 바로 호기심이 없다는 것이지. 아이들처럼 놀라서 환성을 지르며 내게 달려오다가도, 마찬가지로 아이들처럼 금방 나를 살펴보는 일을 멈추고 뭔가 다른 장난감을 찾아 가 버리더군. 저녁 식사와 대화 시도가 끝난 후에야, 나는 처음에 내 주변을 둘러싸고 있던 이들이 거의 전부 사라져 버렸다는 사실을 알았다네. 내가 이들을 이렇게 성급하게 무시하기 시작한 것도 참 이상한 일이 아닌가. 허기가 가시자마자, 나는 바로 문을 통해 다시 햇살이 내리쬐는 세계로 돌아갔네. 미래의 인간들은 계속해서 나타나서는 웃고 떠들며 내 뒤를 따라오다가, 호의가 담긴 웃음과 손짓을 보이고는 나를 혼자 남겨 둔 채로 떠나 버리곤 했네.

넓은 홀에서 나오니 이미 고요한 저녁노을이 드리워져 있었고, 저무는 해의 부드러운 빛이 사방을 감싸고 있었네. 처음에는 모든 것이 혼란스러웠지. 세상 전부가 내가 알고 있던 세계와는 달랐으니까 말이네. 심지어는 꽃조차도. 내가 방금 떠난 건물은 넓은 강이 흐르는 골짜기 사면에 자리하고 있었지만, 템스강은 현재 위치에서 1마일(약 1.6킬로미터) 이상 이동한 것으로 보였네. 나는 1마일 반 정도 떨어져 있는 언덕 꼭대기에 올라가 보기로 마음먹었지. 그곳에서라면 서기 802701년의 지구 모습을 보다 멀리까지 볼 수 있을 것 같았으니까. 참고로 설명하자면, 이 연도는 내 기계의 작은 문자판에 기록되어 있던 것이라네.

걸음을 옮기면서, 나는 이 세상에 가득한 황량한 화려함을 설명해 줄 수 있는 것이 있는지 계속해서 주의를 기울이고 있었다네. 이 세상은 말 그대로 폐허였으니까. 예를 들어, 언덕을 조금 올라가니 알루미늄 덩이로 한데 엮여 있는 거대한 화강암 더미가 보였고, 가파른 벽과 돌무더기로 이루어진 광대한 미로 속에는 매우 아름다운 탑 모양의 식물이 무성하게 자라 있었네. 쐐기풀같이 생기기는 했는데, 잎 가장자리에 예쁜 갈색 무늬가 들어가 있고, 따가운 가시는 없는 것 같더군. 여하튼 그 폐허는 뭔가 엄청나게 거대한 건물의 폐허로 보였고, 그 건물을 지은 목적은 짐작조차 할 수 없었다네. 이 폐허는 사실 내가 나중에 아주 기묘한 사건을 겪으며 무척이나 신기한 발견을 하게 될 곳이기는 하지만, 그 이야기는 나중에 때가 되면 하도록 하겠네.

언덕배기에 앉아 잠시 쉬며 주위를 둘러보다가, 나는 순간 주변에 작은 집이 전혀 보이지 않는다는 사실을 깨달았네. 단독 주택이라는 것이, 그리고 어쩌면 가정 그 자체조차도, 사라져 버린 것으로 보였다네. 신록의 풍경 속 여기저기에 궁전 같은 건물이 서 있기는 했지만, 우리 잉글랜드 풍경의 특색 중 하나인 집과 오두막 들은 전혀 보이지 않았다네.

'공산주의 사회인가.'

나는 속으로 중얼거렸지.

그리고 그 뒤를 이어 다른 생각이 떠올랐다네. 나는 아직도 나를 따라오던 예닐곱 명 되는 작은 인간들을 바라보았네. 순간 그들이 모두 똑같은 형태의 복장을 착용하고 있고, 똑같은 털 없는 부드러운 용모에, 똑같은 소녀 같은 통통한 팔다리를 가지고 있다는 사실을 깨닫게 되었지. 어쩌면 내가 이때까지 이런 사실을 눈치채지 못했다는 점이 이상해 보일지도 모르지만, 이 세계의 모든 일이 이상하지 않은가. 이제 나는 현실을 똑똑히 볼 수 있었다네. 현대에서 성별을 구별하게 해 주는 복장이나 용모, 몸가짐 등의 모든 측면으로 볼 때, 이 미래인들은 동일한 형태를 가지고 있었네. 그리고 아이들은 제 부모들의 축소판으로밖에는 보이지 않았지. 나는 이 시대의 아이들이 적어도 육체적으로는 극도로 조숙할 것이라 예상했고, 이후 내 예상을 뒷받침해 주는 증거들을 상당히 많이 찾을 수 있었다네.

이 사람들이 살고 있는 편안하고 안전한 환경을 보고 나니, 남녀가 비슷한 모습을 가지게 되는 것도 당연한 일이라는 생각이 들었지. 남성의 강인함과 여성의 부드러움, 가족이라는 제도, 분업 활동은 모두 물리적 힘이 지배하던 시대의 투쟁에 필요한 것이었으니 말이야. 인구가 늘어나고 안정을 찾게 되면, 다산은 국가에 있어 축복이 아니라 재앙이 된다네. 폭력이 자주 일어나지 않고 아이들을 안전하게 보호할 수 있다면, 효율적인 가족의 필요성은 매우 줄어들고, 실제로 전혀 필요하지 않게 될 수도 있으니 말이야. 그리고 육아의 요구에 부응하기 위해 생겼던 성적 분화 역시 사라지게 되겠지. 우리 시대에도 이미 그런 일이 시작되고 있으니, 이 미래에서는 그 과정이 완결된 것이 아니겠나. 이 점을 말해 둬야겠네만, 이건 어디까지나 내가 이 시점에서 추측한 내용일 뿐이라네. 나중에 나는 이 추측이 현실과 얼마나 동떨어진 것인지 확실히 깨닫게 되었지.

이런 생각을 하고 있는 동안, 둥근 지붕 아래 우물처럼 생긴 작고 예쁜 구조물이 내 주의를 끌었다네. 잠시 동안 우물이라는 것이 아직 존재한다니 정말 이상하다는 생각을 한 후, 다시 내 추측으로 돌아갔다네. 언덕 꼭대기까지는 커다란 건물이 없었고, 내 걷는 힘이 아무래도 미래인들보다는 대단했기 때문인지, 나는 마침내 처음으로 홀로 남게 되었네. 기묘한 자유와 모험의 기분을 느끼면서, 나는 정상을 향해 계속 발을 옮겼네.

정상에 이르니 알 수 없는 노란 금속으로 만든 의자가 하나 보이더군. 군데군데 분홍빛 나는 녹이 슬어 있는 데다 절반 정도는 부드러운 이끼에 덮여 있고, 팔걸이는 그리핀[+]의 머리 모양으로 주조하고 다듬어 낸 모양이었네. 나는 그 의자에 앉아서 긴 하루를 끝내는 석양 아래 놓인 우리의 오래된 세계를 멀리까지 살펴보았네. 내가 본 그 어떤 광경보다도 아름답고 사랑스럽더군. 태양은 이미 지평선 너머로 사라지고, 서쪽 하늘은 자주색과 선홍색으로 가로놓인 띠 위에서 금색으로 빛나고 있었네. 그 아래의 템스강 계곡에서는 강물이 빛나는 금속 띠처럼 흐르고 있었고. 여러 수풀 속에 박혀 있는, 일부는 폐허가 되고 일부는 아직 거주민이 있는 커다란 궁전들에 대한 이야기는 아까 했었지. 땅 위 곳곳에 있는 황폐해진 정원들에는 흰색 또는 은색의 조형물들이 여전히 남아 있었고, 여기저기

[+] 독수리의 머리와 사자의 몸을 가진 그리스 신화 속의 짐승.

원형 지붕이나 오벨리스크의 날카로운 수직선이 솟아올라 와 있는 모습도 보였다네. 산울타리나 부동산 푯말, 농업의 흔적 따위는 전혀 보이지 않았네. 지구 전체가 하나의 정원이 되어 버린 거지.

그런 모습을 바라보며, 나는 지금까지 보았던 것들을 해석하려 노력하기 시작했네. 그날 저녁 내가 도달한 결론은 대충 이런 쪽이었네. (훗날 나는 이때의 결론이 절반의 진실일 뿐이었다는 사실, 혹은 진실의 한쪽 면만을 훔쳐본 것이었다는 사실을 알게 되었지.)

내가 도착한 곳은 인류 역사의 막바지인 것으로 보였네. 붉은 석양을 보자 인류의 황혼이 떠올랐지. 나는 현재의 우리가 열심히 수행하는 사회 개혁이 어떤 기묘한 결과를 가져올 수 있는지를 비로소 처음으로 깨닫게 된 걸세. 하지만 생각해 보면 충분히 논리적인 결과이지 않은가. 힘이란 필요에서 생겨나게 마련이지. 안전은 연약함을 불러오는 법일세. 생활 조건의 개선, 즉 삶을 보다 안전하게 만들기 위한 진정한 문명화의 길은 정점에 이르기까지 계속되었던 것이네. 인류가 힘을 합쳐 계속해서 자연에 대해 승리를 거두어 온 걸세. 지금으로써는 단순히 꿈에 지나지 않는 일들이 신중한 계획을 통해 추진할 수 있게 되었고, 지금까지 내가 본 것이 바로 그 결과물이었던 걸세!

어쨌든 현대의 위생과 농업이란 여전히 초보적인 단계일 뿐이지 않나. 우리 시대의 과학은 인간 질병이라는 분야의 아주 작은 부분만을 공격했을 뿐이지만, 매우 꾸준하고 끈기 있게 그 영향력을 확대해 가고 있지. 우리의 농학과 원예학은 이곳저곳의 잡초를 제거하고 스무 가지 정도의 쓸모 있는 작물을 재배할 정도일 뿐이고, 대부분은 스스로의 힘으로 싸워 이겨야 하지 않는가. 물론 매우 적은 수이기는 하지만, 우리가 좋아하는 동식물 몇 가지를 품종 개량을 통해 더 낫게 만들기도 하지. 새롭고 더 나은 복숭아도 만들어 보고, 씨 없는 포도나 더 아름답고 커다란 꽃, 더 유용한 품종의 소를 만들기도 하면서 말이야. 그런 개량이 점진적으로밖에 일어날 수 없는 까닭은 우리가 이상으로 삼는 형태가 모호하고 불확실하며 지식이 한정되어 있기 때문이기도 하지만, 또한 자연의 여신이 우리의 서투른 손놀림을 두려워하여 쉽게 움직여 주지 않기 때문이기도 하다네. 언젠가는 보다 잘 구성되어 있으면서도 보다 뛰어난 기술이 나타날 걸세. 가끔은 역행하는 경우도 있겠지만, 시대의 흐름은 바로 그런 방향으로 나아가는 거라네. 온 세상 사람들이 지적이고, 교양 있고, 협동하게 되겠지. 자연을 굴복시키기 위해 갈수록 속도를 높여 나아가게 될 거야. 결국에는 동식물의 균형을 우리 인간의 필요에 맞도록 조심스럽고 현명하게 재조정하게 되겠지.

이런 재조정은 이미 일어났을 뿐 아니라, 아주 잘 이루어진 것으로 보였네. 사실 내 기계가 뛰어넘어 온 시간 동안 지속적으로 일어난 일이겠지. 대기에는 날벌레 한 마리 없었고, 토양에는 잡초나 세

균류가 전혀 보이지 않았네. 사방에 과일과 아름다운 꽃 들이 널려 있고, 화려한 색의 나비들이 여기저기서 날아다녔네. 궁극의 예방약이 만들어져서 질병은 뿌리가 뽑혔겠지. 나는 그곳에 머무는 동안 전염병의 흔적이라고는 단 하나도 찾아 보지 못했네. 또한 나중에 다시 말하겠지만, 그러한 변화 때문에 부패와 부식 과정 역시 상당히 달라져 있었다네.

사회적 승리 역시 획득한 것으로 보였네. 미래의 인류는 훌륭한 집에서 자고 우아한 옷을 입고 있었지만, 나는 그들이 노동을 하는 모습은 한 번도 보지 못했네. 사회적 또는 경제적 갈등의 징후 역시 찾아 볼 수 없었지. 상점, 광고, 교통과 같이 우리 세계의 본질을 이루는 일상적인 요소들은 모두 사라져 버렸다네. 그 황금빛 저녁에, 내가 사회적 낙원의 개념으로 급작스레 비약한 것도 당연한 일이 아니겠나. 인구 증가의 문제도 어떻게든 해결되어 너 이상 수가 늘지 않는 것 같았네.

하지만 이렇게 환경이 변화하면 응당 그에 따른 적응도 일어나는 법이지. 우리의 생물학 전체가 오류 덩어리가 아니라는 전제 하에, 인류의 지성과 활력의 근원을 무엇이라 추측할 수 있겠나? 바로 고난과 자유일세. 능동적이고 강하고 교활한 이들은 살아남고, 약한 이들은 패배하게 되는 환경. 유능한 자들과의 든든한 동맹, 절제와 인내, 결단력을 필요로 하는 환경. 그리고 가족이라는 제도와 그 안에서 일어나는 격렬한 질투, 자식에 대한 사랑, 부모의 헌신과 같이 자식에게 위험이 닥쳤을 때 필요하고 당연히 있어야 하는 그런 감정들. 자, 그럼 이런 모든 위험이 사라져 버리면 어떨까? 결혼 생활의 질투, 격렬한 모성애, 모든 종류의 열정에 반하는 정서가 이미 생겨나고 있는데, 갈수록 더 늘어나게 되지 않겠나. 이제 불필요할 뿐 아니라 불편하고 야만적인, 우리의 정제되고 즐거운 삶에 불협화음을 일으키는 것들일 뿐이니 말일세.

이 시대의 인종이 육체적으로 나약하고 지적 능력이 떨어진다는 사실과 사방에 널린 거대한 폐허를 생각해 보니, 자연의 완벽한 정복이라는 내 가설에 더욱 신빙성이 생기는 듯했네. 전투가 끝나면 고요가 찾아 오는 법이지. 인류는 강하고 활기차며 지성을 가지고 있었으며, 그 넘치는 활력을 자신이 살고 있는 환경을 바꾸기 위해 사용해 버린 게야. 그리고 이제 변화된 환경의 반작용을 겪고 있는 셈이지.

완벽한 안락함과 안전이 보장되는 새로운 환경에서는, 우리에게 힘이 되었던 그 끝없는 활력이 도리어 약점이 될 수가 있다네. 심지어 우리 시대에서도 한때는 생존의 원천이었던 몇몇 성향과 욕망이 계속되는 실패의 원인이 되곤 하지 않는가. 예를 들어, 육체적 용기와 싸움을 향한 열망은 문명인에게 큰 도움이 되기 힘들 뿐더러, 도리어 발목을 잡는 약점이 될 수도 있지. 그리고 육체적 균형과 안전이 있는 상태에서는, 육체만이 아니라 정신적 능력마저도 소용이 없을 수 있는 걸세. 내 판단으로는 아주 오랜 세월 동안 전쟁이나 개인의 폭력이라는 위험, 야생 동물이 가하는 위험, 체력이 필요한 소모성 질환, 심지어 노동의 필요조차도 존재하지 않는 것으로 보였네. 그런 삶에서는 우리가 약자라고 불러야 할 이들도 강자만큼이나 능력을 갖추고 있고, 따라서 더 이상 약하지가 않을 걸세. 사실 더 나은 능력을 가지고 있는 셈이지. 강자는 배출할 길 없는 활력 때문에 안달이 날 테니 말이야. 내가 지금까지 본 건물들이 보여 주는 극도의 아름다움은 이제 사용할 길 없는 인류의 활력이 마지막으로 분출된 결과임이 분명했네. 마침내 그들이 살던 환경과 완벽하게 조화를 이루고, 최후의 완벽한 평화 속으로 빠져들기 전에 말이야. 안전이 보장되면 언제나 활력은 이런 운명을 맞게 되지, 예술로, 그리고 에로티시즘으로 방향을 돌린 후, 마침내 권태와 타락으로 향하게 되는 것이 아니겠나.

이런 예술적 갈망조차도 결국은 사그라들게 마련이지. 내가 본 세계에서는 거의 죽어 있었네. 꽃으로 서로를 꾸며 주고, 춤추고, 햇살 아래 노래를 부르는 정도. 예술의 정신에서 남은 것은 고작 그 정도뿐이었단 말이네. 종국에는 그조차도 사라지고 만족스러운 무활동만이 남게 되겠지. 우리는 계속해서 필요와 고통이라는 숫돌에 연마되고 있었는데, 내가 보기에는 이곳에서 마침내 그 증오스러운 숫돌은 파괴된 것 같았단 말일세!

땅거미가 내려앉는 속에서, 나는 이 간단한 설명으로 이 세계의 모든 문제를 파악했다고, 그 사랑스런 인종의 모든 비밀을 밝혀냈다고 생각하고 있었네. 인구 증가 억제책이 너무 완벽하게 성공하는 바람에, 인구가 그대로 유지되는 대신 도리어 줄어들었다고 말이야. 그러면 버려진 폐허도 설명이 되겠지. 내 가설은 매우 간단하고 그럴 듯한 것이었네. 대부분의 잘못된 가설이 그렇듯 말이지!

05

미래 인류의 비밀

그곳에 서서 그렇게 너무나도 완벽한 인류의 승리를 곱씹고 있는 동안, 둥글고 노란 보름달이 북동쪽 하늘에 넘쳐 흐르게 은빛을 뿌리며 떠올랐다네. 아래에서 밝은 옷을 입은 작은 존재들이 돌아다니는 것도 더 이상 보이지 않았지. 올빼미 한 마리가 소리 없이 날아갔고, 나는 밤의 한기가 스며드는 것을 느끼며 몸을 떨었다네. 슬슬 언덕을 내려가서 잠을 잘 곳을 찾아 보기로 했지.

　나는 이미 알고 있는 건물들을 찾아 보았다네. 그러다 청동 대좌 위에 놓인 흰색 스핑크스의 모습이 눈에 들어오더군. 떠오르는 달빛을 따라 점점 더 선명하게 보이고 있었거든. 희미한 조명 때문에 어둡게 보이는 진달래 덤불도 있었고, 작은 잔디밭도 보였네. 순간 내 눈길은 다시 잔디밭을 향했네. 묘한 의문 하나가 내 평온한 마음속으로 파고들었네.

'아니야, 아까 그 정원일 리가 없어.'

나는 단호하게 중얼거렸네.

하지만 아까 그 정원이 맞았네. 스핑크스의 망가진 하얀 얼굴이 같은 방향을 향하고 있었으니까. 이런 확신이 드는 순간 내 기분이 어땠을지 짐작이나 할 수 있겠나? 할 수 있을 리가 없지. 타임머신이 사라져 버렸단 말이네!

얼굴에 채찍을 맞은 것처럼, 내 시대로 돌아가지 못하고 이 괴상한 신세계에 홀로 남을 수도 있다는 가능성이 날카롭게 엄습해 왔네. 생각만으로도 실제로 육체적 고통이 느껴질 지경이었지. 숨이 멎는 기분을 실제로 느낄 수 있었으니까. 다음 순간, 나는 격렬한 공포에 사로잡힌 채 언덕을 뛰어 내려가기 시작했네. 앞으로 넘어져 얼굴을 베이기도 했지만, 지혈 따위를 하느라 지체할 시간이 없어서 바로 뛰어 일어난 후 뜨뜻한 액체가 뺨과 턱으로 흐르는 것을 느끼며 그대로 내달렸지. 그러는 동안 나는 계속 이렇게 중얼거리고 있었어.

'그자들이 타임머신을 아주 조금 옮긴 것뿐일 거야. 다니는 데 불편해서 덤불 아래나 뭐 그런 데로 밀어 놓은 것뿐일 거야.'

하지만 그러면서도 젖 먹던 힘까지 다해 달리고 있었지. 가끔 엄청난 공포와 함께 찾아 오는 그런 확신 속에서, 나는 이런 위안이 어리석다는 사실을, 기계가 내 손이 닿는 영역 밖으로 옮겨졌다는 사실을 잘 알고 있었던 걸세. 숨을 쉴 때마다 고통이 찾아 오기 시작했네. 그 언덕 꼭대기에서 작은 잔디밭에 이르는 족히 2마일은 될 법한 거리를 아마 10분 정도에 주파한 것 같아. 나는 더 이상 젊은이가 아니지 않은가. 달리면서 계속 타임머신을 그렇게 놔둔 내 자만심 넘치는 어리석음을 큰 소리로 저주했고, 덕택에 더욱 숨이 가쁘게 되었지. 크게 소리를 쳤지만 반응하는 이는 없었어. 달빛 속의 세계에서는 움직이는 생물이라고는 전혀 없는 듯했다네.

잔디밭에 도착해 보니 내 가장 끔찍한 공포가 현실이 되어 있었네. 기계는 흔적조차 보이지 않았어. 어두운 덤불 사이의 텅 빈 공간을 마주하자 현기증과 오한이 찾아 왔다네. 나는 기계가 어디 구석에 숨겨져 있기라도 한 듯 격렬하게 그 주변을 맴돌았고, 그러다 머리칼을 양손으로 움켜쥔 채 갑자기 멈추었네. 위에서 스핑크스가 나를 내려다보고 있었네. 청동 대좌 위에서, 달빛을 받아 한센병 환자같이 창백한 흰색으로 빛나며 말이야. 마치 내가 당황하는 꼴을 보고 비웃고 있는 것 같더군.

작은 종족들이 육체적이나 정신적으로 연약하다는 사실을 확신하지 않았더라면, 그들이 나를 위해 기계를 어디 안전한 곳으로 치워 놓았을 것이라 생각하며 위안을 얻을 수도 있었을 걸세. 내가 당황한 것은 바로 그 때문이었네. 내가 아직 알지 못하는 존재가 개입해서 내 발명품을 사라지게 만들어 버린 것 아니겠나. 하지만 한 가지는 확실했네. 다른 시대에 내 타임머신의 완벽한 복제품이 만들어진 적이 없다면, 기계가 다른 시간대로 이동했을 가능성은 없다는 것이지. 나중에 자네들에게도 어떻게 하는지 보여 주겠네만, 조종간을 제거하면 누구든 시간여행을 위해 사용할 수는 없게 되어 있거든. 기계를 옮기고 숨겼더라도 오직 공간 속에서만 움직인 것이네. 하지만 그렇다 하더라도 위치를 알 수 없지 않은가.

아마 그 당시 나는 상당히 흥분해 있었던 듯하네. 스핑크스 주변의 달빛 속 덤불을 격렬하게 들락거리던 기억이 나네. 그러던 중 달빛 속에서 희끄무레하게 보이는 동물을 하나 놀라게 했는데, 작은 사슴으로 보였네. 나중에는 주먹을 쥔 채로 수풀을 휘저어서 부러진 나뭇가지 때문에 주먹이 상처투성이가 되기도 했지. 비통함에 울부짖으며, 나는 거대한 석조 건물 쪽으로 내려갔네. 웅장한 홀은 어둡고 조용하고 텅 비어 있었지. 튀어나온 바닥 돌에 발이 걸려서 공작석 탁자 위로 넘어지는 바람에 정강이가 부러질 뻔했다네. 나는 성냥을 켠 후, 아까 말했던 먼지투성이 커튼을 지나 계속 걸어가기 시작했네.

그 너머에는 쿠션으로 가득한 다른 커다란 홀이 있었네. 그 위에서 스물 남짓한 작은 종족들이 자고 있었지. 아마 그들도 내가 다시 나타난 것을 이상하게 여겼을 게야. 알아들을 수 없는 소리를 내면서, 불꽃을 뿜는 성냥을 든 채로 조용한 어둠 속에서 갑자기 나타났으니까. 게다가 이 종족은 성냥을 모르고 있었거든.

'내 타임머신은 어디 있지?'

나는 성난 아이처럼 소리쳐 물으면서, 그들을 흔들어 일으켰네. 그들에게는 매우 이상한 일이었을 게야. 어떤 이들은 웃었지만, 대부분은 그냥 겁에 질린 듯 보이더군. 주변에 그들이 모여 서 있는 것을 보자, 지금의 내 행동이 이런 상황에서 취할 수 있는 가장 좋지 못한 대응이라는 생각이 떠올랐네. 공포라는 감정을 되살리려 하다니 말이야. 낮 동안 그들이 보인 행동에서 미루어 보건대, 나는 공포가 사라져 버렸다고 짐작하고 있었네.

나는 재빨리 성냥불을 끄고, 내가 가는 길에 있던 작은 사람 하나를 밀쳐 쓰러트리고는, 비틀대며 커다란 식당 홀을 가로질러 달빛 아래로 나갔네. 공포에 질린 비명 소리와 작은 발이 오락가락 달리거나 비틀대는 소리가 들려오더군. 달이 하늘 높이 떠오르는 동안 내가 무슨 일을 했는지는 미처 다 기억나지 않는다네. 예상치 못한 실패를 마주하게 되어 화가 솟구쳤기 때문이겠지. 내 종족과 완전히 격리되어 알 수 없는 세계에 떨어진 기묘한 동물과 같은 느낌이 들었다네. 아마 사방으로 돌아다니며, 신이니 운명이니 하는 것들에 대해 소리치고 울부짖고 있었을 게야. 절망으로 가득한 기나긴 밤이 지나가며 내가 느꼈던 끔찍한 피로감은 지금도 기억이 나네. 말도 안 되는 장소를 뒤져 보던 기억도 나고. 달빛 아래서 유적을 더 들고 검은 그림자 안에서 괴상한 생물들을 건드렸던 기억도 나네. 그리고 결국엔 스핑크스 근처의 땅바닥에 누워서, 완벽하게 비참한 기분으로 흐느끼던 기억도 나네. 이제 내게는 비탄밖에 남지 않았다네. 그렇게 잠들었고, 일어나 보니 이미 해가 중천이었네. 참새 몇 마리가 내 팔이 닿을 정도 거리의 풀밭 위에서 뛰놀고 있었지.

나는 신선한 아침 공기 속에 일어나 앉아서 내가 여기에 어떻게 왔는지, 그리고 왜 이런 끔찍한 격리와 절망의 감정에 빠져 있는 것인지 기억해 내려 했네. 곧 어제의 기억이 돌아왔지. 솔직하고 사려 깊은 햇빛 속에서, 나는 지금 상황과 차분하게 마주할 수 있었다네. 내가 어젯밤 광란에 빠진 채 어리석은 짓을 저질렀다는 사실을 깨달았고, 곧 논리적인 사고를 할 수 있게 되었다네. 나는 이렇게 중얼거렸지.

'가장 끔찍한 일이 일어났다고 가정한다면? 기계가 완전히 사라져 버렸고, 아마도 파괴되어 버렸다고 친다면? 나는 차분하고 침착하게 행동해야만 해. 이들 종족의 풍습을 배우고, 내가 실수한 이유를 명확하게 파악하고, 도구와 자재를 모을 방법을 찾으면 되는 거야. 잘만 하면 다른 기계를 만들 수 있을지도 모르니까.'

내게는 이것이 마지막 희망이었지. 거의 가능성이 없을지도 모르지만 절망보다는 나은 일 아니겠나. 게다가 어쨌든 이 세계는 아름답고 흥미로운 곳이기도 했고 말이야.

하지만 누가 기계를 가져가 버린 것뿐일지도 모르지 않나. 설령 그렇다고 해도 나는 차분하고 침착하게 행동해서, 기계가 숨겨진 장소를 찾아 힘과 지혜를 이용해 빼내 올 필요가 있었네. 나는 이런 생각을 하며 자리에서 간신히 일어나 주변을 돌아보며 우선 몸을 씻을 수 있을 만한 곳을 찾아 보았네. 지치고 온몸이 뻣뻣한 데다가 꾀죄죄한 몰골이었으니까. 상쾌한 아침 공기 때문인지 상쾌한 기분을 맛보고 싶어지더군. 이미 어젯밤의 감정은 모두 고갈된 상태였네. 내 할 일을 하고 있노라니 어젯밤에 왜 그렇게 격렬하게 흥분했는지 궁금해질 지경이 되더군. 나는 작은 정원의 흙바닥을 자세히 조사해 보았네. 주변을 오가는 작은 종족들에게 온갖 수단을 다해서 질문을 해 보기도 했지. 그들은 모두 내 몸짓을 이해하지 못했다네. 어떤 이들은 그저 관심이 없었고, 어떤 이들은 장난치는 줄로만 알고 나를 보고 큰 소리로 웃었다네. 그 예쁘장한 웃는 얼굴에 주먹을 꽂아 넣지 않으려 내 자신을 억제하는 것이야말로 세상에서 제일 힘든 일이었지. 어리석은 충동이기는 하지만, 공포와 눈먼 분노가 낳은 제어하기 힘든 악마는 아직도 내 난처한 상황을 이용하려 기회만 노리고 있었으니까. 정원 쪽에서는 보다 성과가 있었네. 내가 도착해서 기계를 똑바로 세우려 노력할 때 남긴 발자국과 스핑크스의 대좌 사이에서 무언가를 끌고 간 듯한 홈을 발견했거든. 그것 말고도 기계를 끌고 간 흔적이 많이 남아 있고, 나무늘보 같은 묘하게 보폭이 좁은 발자국도 보이더군. 나는 대좌 쪽에 더욱 주의를 기울였다네. 아까 말한 것 같지만, 그 대좌는 청동으로 만들어져 있었네. 커다란 덩어리 하나가 아니라, 화려하게 세공한 두꺼운 청동 판이 양쪽에 붙어 있는 형태였다네. 나는 그쪽으로 다가가 청동 판을 두드려 보았네. 대좌 안쪽은 비어 있는 듯했어. 청동 판을 주의 깊게 살펴보니 연결부가 보이더군. 손잡이나 열쇠 구멍 따위는 없었지만, 만약 이 청동 판이 문이라면 안쪽에서 열리는 구조일 듯했지. 한 가지는 확실하다는 생각이 들었네. 내 타임머신이 이 대좌 안에 있다는 사실을 추론하는 데는 별로 깊이 생각할 필요도 없었으니까. 하지만 그 기계가 어떻게 이 안으로 들어갔는가 하는 것은 완전히 다른 문제였지.

나는 오렌지색 옷을 입은 두 사람의 머리가 수풀 속을 가로지르고 꽃이 핀 사과나무 아래를 통과해 내 쪽으로 오고 있는 것을 보았네. 나는 그들을 향해 웃음 지으며 가까이 와 달라고 손짓했지. 그들이 다가오자, 나는 청동 대좌를 가리키며 그것을 열고 싶다는 내 의도를 알리려 노력했다네. 그러나 내가 몸짓 하나를 하자마자 그들은 즉각 이상한 반응을 보이기 시작했네. 그들의 태도를 어떻게 설명해야 할지 모르겠군. 예민한 여성을 앞에 놓고 추잡할 정도로 부적절한 몸짓을 보였다고 생각해 보게. 그럴 때 그 여성이 지었을 법한 바로 그런 표정이었어. 그들은 상상할 수 있는 최악의 모욕이라도 받은 양 자리를 떠났다네. 친절해 보이는 하얀 옷을 입은 녀석이 오길래 다시 시도해 봤는데, 완벽하게 동일한 결과만을 얻었지. 그의 태도는 어딘가 내 자신을 부끄럽게 느껴지게까지 하더군. 하지만 자네들도 알다시피 나한테는 타임머신이 필요하지 않나. 나는 그에게 다시 한번 시도를 해 보았다네. 그가 다른 이들과 마찬가지로 등을 돌리는 순간, 그만 내 감정이 튀어나와 버렸다네. 나는 세 걸음 만에 그를 따라잡은 후 팔을 뻗어 로브 목덜미의 헐렁한 부분을 움켜쥐고는, 그를 끌고 스핑크스를 향해 가기 시작했네. 그러나 다음 순간 그의 얼굴에 떠올라 있는 공포와 혐오의 표정을 목격하고는, 갑자기 마음이 바뀌어 그를 놓아주었지.

하지만 아직 포기한 것은 아니었네. 나는 주먹으로 청동 판을 때리기 시작했어. 안쪽에서 뭔가 움직이는 소리가 들리는 듯했다네. 솔직하게 말하면, 키득거리며 웃는 소리 같다고 생각했지만, 아마 잘못 들은 것이겠지. 그리고 나는 강기에서 키다란 돌멩이를 기져와서 청동 판을 두드리기 시작했네. 세공 장식 하나가 납작해지고, 녹청이 가루가 되어 떨어져 나갈 때까지 말이야. 사방 1마일 안에 있는 섬세한 작은 종족들은 모두 내가 격렬하게 청동 판을 두드려대는 소리를 들었을 테지만, 딱히 다른 반응을 보이지는 않았다네. 비탈길 쪽에 한 무리가 모여서 내 쪽을 훔쳐보고 있는 모습만 보이더군. 나는 마침내 더위와 피로에 항복하고 자리에 주저앉아 주변을 둘러보았네. 하지만 오래 지켜보고 있기에는 너무 초조한 상태였지. 나는 그저 바라보고만 있기에는 너무 서양적인 사람이 아닌가. 한 가지 문제를 몇 년 동안 연구할 수는 있지만, 24시간 동안 수동적으로 바라보기만 하는 일은 무리인 그런 인종이지.

잠시 시간이 흐른 후 나는 자리에서 일어나, 다시 언덕으로 향하는 수풀 속을 목적 없이 걷기 시작했네.

'침착해라.'

나는 스스로에게 이렇게 되뇌었네.

'기계를 되찾고 싶으면 스핑크스는 그냥 놔두는 편이 좋겠어. 만약 저놈들이 기계를 빼앗아 갈 생각이라면, 놈들의 청동 판을 망가트려 봤자 아무 소용없을 테니까. 그리고 그게 아니라면, 어차피 부탁만 해도 즉시 가져다줄 것 아닌가. 확실하지 않은 일이 너무 많은데 끙끙대고 앉아 있어 봤자 사태가 나아질 리가 없지. 결국 편집증 환자가 될 뿐이지. 이 세계를 직시해야 한다. 이 세계에 대해 배우고, 지켜보고, 섣부른 추론에 의지하지 않기 위해 주의해야만 해. 결국 단서를 찾을 수 있을 테니까.'

순간 이 상황이 얼마나 우스운지 깨닫게 되었네. 미래 세계에 도달하기 위해 연구와 노동으로 수많은 나날을 보냈는데, 막상 도착한 후에는 그곳에서 벗어나려 전전긍긍하고 있다니 말이지. 인간으로서 만들 수 있는 가장 복잡하고 절망적인 함정 안에 스스로를 몰아넣은 셈 아닌가. 그 함정에 걸려든 것이 나 자신인데도 손쓸 방

법이 없는 상황인 게지. 나는 크게 웃어 젖혔다네.

커다란 궁전 근처를 지나가다 보니 작은 종족들이 나를 피하는 것 같은 느낌이 들었다네. 내 착각이었을 수도 있지만, 내가 청동 문짝을 두들겼기 때문에 생긴 일일 수도 있다는 생각이 들더군. 어쨌든 나를 피하려 하는 것만은 분명해 보였네. 그러나 나는 관심을 보이지 않고 그들을 쫓아가지도 않으려 조심했다네. 그렇게 하루 이틀 정도가 지나자 그들은 모두 옛날 그대로의 태도로 돌아가더군. 나는 그들의 언어를 배우는 일에도 많은 진전을 보였고, 이곳저곳을 탐험해 보기도 하였다네. 내가 무언가 중요한 부분을 놓친 것이 아니라면, 그들의 언어는 극도로 단순한 것이 분명했네. 거의 모든 언어가 물질 명사와 동사만으로 이루어져 있는 것 같더군. 추상적인 표현은 있다 해도 극소수뿐이고, 비유적 용법도 거의 존재하지 않는 것으로 보였네. 대부분의 문장은 긴단한 두 개의 단어로 이루어져 있었으며, 논리적 명제는 아주 간단한 것을 제외하면 전달하거나 이해하는 것이 불가능할 지경이었네. 나는 타임머신과 스핑크스 아래 청동 문의 비밀에 대한 생각은 가능한 한 마음속 한쪽 구석에 밀어 넣으려 애쓰고 있었네. 내 지식이 성장하여 자연스럽게 그쪽으로 돌아가게 될 때까지 말이야. 그렇다고는 해도, 자네들도 이해하겠지만, 내가 도착한 장소에서 몇 마일 근방으로 들어갈 때면 어떤 감정이 나를 사로잡곤 했다네.

내 눈 안에 들어오는 세계는 모두 템스강 변과 마찬가지로 풍요롭고 무성한 식물들로 가득 차 있었네. 언덕에 올라갈 때마다 다양한 재질과 형식으로 만들어진 웅장한 건물들이 보였지. 똑같은 상록수 덤불, 똑같은 꽃나무와 나무고사리 들이 보였네. 여기저기 은빛으로 빛나는 강물이 흐르고 있었고, 그 너머에는 푸른색으로 굽이치는 언덕이 화창한 하늘 아래로 사라지는 모습이 보였네. 한 가지 독특한 점이 내 관심을 끌었는데, 이곳저곳에 둥근 우물들이 있었다는 사실이네. 몇 개는 아주 깊이까지 파 내려간 듯하더군. 내가 처음 도보 답사를 할 때의 언덕 오르막길에도 그런 우물이 하나 있었지. 다른 우물들과 마찬가지로 독특하게 단조한 청동으로 테를 둘러놓았고, 둥근 지붕을 씌워 빗물이 들어가지 못하게 해 놓은 모습이었네. 그런 우물 옆에 앉아서 아래쪽의 어둠을 내려다보기도 했는데, 반짝이는 물 그림자도, 성냥불 빛이 반사되는 모습도 볼 수가 없었네. 그러나 그런 우물 속에서는 하나같이 묘한 소리가 들리기는 했네. 쿵-쿵-쿵거리는, 마치 커다란 동력 기관이 돌아가는 듯한 소리였네. 그리고 성냥불을 붙여 봤기 때문에 구멍 속으로 들어가는 하강 기류가 있다는 사실도 알 수 있었지. 종이 한 조각을 아래로 던져 보기도 했는데, 팔랑거리며 천천히 떨어지는 것이 아니라 빨려 들어가듯 즉시 눈에서 사라져 버리더군.

나중에는 이 우물들이 언덕 여기저기 서 있는 탑들과 관계가 있는 것은 아닌가 추론해 보았네. 탑 위에는 햇볕이 뜨거운 날 해변에서 볼 수 있을 법한 아지랑이가 보이곤 했거든. 이런 사실을 한데 묶어 생각하면, 지하의 환기를 위한 대규모 시설이 있다는 강력한 증거로 이어지지 않겠나. 그런 것이 필요한 이유는 알 수가 없지만 말이지. 처음에는 이 종족의 위생 설비와 연관이 있을 거라 짐작했지만, 완전히 잘못된 추측이었지.

이쯤에서 미래에 있는 동안 내가 하수도나 벨이나 운송 수단과 같은 것들에 대해서는 거의 알아 내지 못했다는 사실을 인정해야 겠네. 유토피아나 미래를 상상한 글을 읽어 보면, 건물이나 사회구조 등에 대해 아주 자세한 설명이 적혀 있더군. 하지만 그런 설명은, 한 사람의 머릿속에서 상상해 낸 세계일 때는 자세히 서술하기 어렵지 않겠지만, 나와 같이 현실을 체험한 실제 여행가에게는 아예 접근조차 힐 수 없는 문제라는 말이네. 방금 런던에 도착한 중앙아프리카의 흑인이 돌아가서 런던 이야기를 자기 부족 사람들에게 들려준다고 생각해 보게나! 그 친구가 철도 회사며 사회 운동, 전화와 전신이며 택배 회사며 우편환 같은 것에 대해 무얼 알고 있겠나? 차라리 우리라면 적어도 그런 문제에 대해 설명을 해 줄 열의라도 가지고 있지 않나! 게다가 그가 이해한 얼마 안 되는 내용만으로, 여행을 하지 않은 그의 친구들에게 그것을 설명해서 믿게 만드는 일이 가능하겠나? 자, 그럼 이제 우리 시대의 흑인과 백인 사이의 차이와, 나와 그 황금시대의 사람들 사이의 차이가 얼마나 될지 상상해 보게나! 보이지 않는 무언가가 내게 안락함을 제공해 주고 있다는 사실만은 짐작할 수 있었지만, 무언가 자동화된 장치가 있다는 것을 제외하고는, 자네들에게 내가 느낀 차이점에 대해 말해 줄 수 있는 방법이 거의 없을 것 같군.

장례 문제를 예로 들자면, 화장터나 무덤으로 짐작되는 건물은 전혀 찾아 볼 수가 없었다네. 내가 탐험한 지역을 벗어난 곳에 공동묘지(또는 화장터)가 존재할 것으로만 짐작할 뿐이었지. 내 머릿속에 떠오른 여러 의문 중 하나였는데, 일단 이 시점에서 이 궁금증을 해결할 길은 없을 것으로 보였네. 계속 의문점으로 남아 있을 뿐이었지. 이후에는 한 가지 의문이 더 추가되어 궁금증이 심해지기만 하더군. 바로 이들 종족 중에는 노약자가 보이지 않는다는 것이었네.

이제 자동화된 문명과 쇠퇴해 가는 인류에 대한 내 첫 번째 가설이 그다지 오래가지 못했다는 사실을 고백할 수밖에 없겠지. 하지만 다른 가설이 떠오르지 않았다네. 문제가 무엇인지 말해 보도록 하지. 내가 탐험했던 큰 궁전 여럿은 주거 공간으로, 널따란 식당과 숙소로 사용되는 공간이 있었네. 기계나 도구 따위는 전혀 찾을 수가 없었어. 그런데도 이 종족은 종종 갈아입어야 하는 밝은색의 옷감을 걸치고, 장식은 없지만 상당히 복잡한 금속 제품으로 보이는 샌들을 신고 다니고 있단 말이네. 어떻게든 그런 물건들을 제작해야 할 것이 아닌가. 그리고 그 작은 종족들에게서 창조성이란 전혀 찾아 볼 수가 없었어. 가게도 없고, 작업 공간도 없고, 물건을 수입해 오는 기색도 없었지. 그들은 언제나 가볍게 놀거나, 강물에서 목욕을 하거나, 반쯤 장난치듯 사랑을 나누거나, 과일을 먹고 잠을 잘 뿐이었네. 어떻게 그런 생활이 지속될 수 있는지 짐작도 가지 않았지.

그리고 다시 타임머신에 대해 말해 보자면 말이네. 내가 모르는 무언가가 흰색 스핑크스의 텅 빈 대좌 안으로 내 기계를 가져간 것이 분명했네. 대체 왜? 나는 도저히 그 이유를 짐작할 수가 없었네. 그 물 없는 우물도, 그 아지랑이가 피어오르는 기둥 들도 말이야. 단서가 부족했네. 내 느낌은, 음, 이걸 뭐라고 표현해야 할까? 자네들이 비문을 하나 찾았는데, 이곳저곳에 알기 쉽고 완벽한 영어로 쓰여 있는 부분도 있는 반면, 나머지는 전혀 알 수 없는 언어, 읽을 수조차 없는 글자로 쓰여 있다고 해 보세. 내가 그곳에 도착한 지 사흘째 되는 날, 802701년의 세계가 내게 보여 준 모습이 바로 그 꼴이었단 말이네!

그날 나는 친구라고 부를 수 있는 사람을 한 명 알게 되었네. 얕은 물에서 작은 종족들이 물놀이를 하고 있는 모습을 보고 있는데, 그 중 하나가 쥐가 난 듯 움찔거리더니 하류를 향해 흘러내려 가기 시작하지 뭔가. 강물은 제법 빠르게 흐르고 있었지만, 어느 정도 헤엄을 칠 수 있는 사람에게는 그다지 강한 물살은 아니었지. 그러니 가 냘프게 비명을 지르며 빠져 죽어 가는 동료를 보면서도 아무도 도우 려는 시도를 하지 않았다는 점에서, 미래 종족이 가지는 기묘한 결 함을 짐작할 수 있지 않겠나. 나는 이런 사실을 알아차리자마자 서 둘러 옷을 벗어 던지고는 강 아래쪽으로 뛰어 들어가서는, 그 불쌍 한 사람을 잡아서 안전하게 육지로 데리고 나왔지. 팔다리를 조금 문질러 주자 곧 정신이 돌아왔고, 나는 자리를 뜨기 전에 그녀가 괜 찮다는 사실을 확인하고 만족할 수 있었네. 그녀의 종족에 워낙 기 대하는 것이 없었기 때문에, 나는 별다른 감사의 표시를 얻게 될 것 이라 생각하지 않고 있었네. 하지만 그 점에서는 내가 틀렸지.

이 일은 오전 중에 일어난 것일세. 오후에 탐험을 마치고 돌아오 는 길이었던 것 같은데, 나는 그 작은 여자를 다시 만나게 되었네. 그녀는 나를 보고 기쁜 듯 소리를 내면서, 커다란 화환을 내게 가져 다주더군. 분명 나만을 위해 만든 것이었네. 이 일은 내 상상력을 자극했네. 아마도 나는 외로움을 느끼고 있었던 모양이야. 어쨌든 나는 최대한 그 선물에 감사한다는 표현을 하려 노력했네. 우리는 곧 석조 쉼터에 나란히 앉아 대화를 나누기 시작했지. 대화의 대부 분은 미소뿐이었지만 말이야. 이 존재의 친절함은 어린아이의 사 랑스러움과 마찬가지로 나를 자극했네. 우리는 서로에게 꽃을 건 넸고, 그녀는 내 손에 입을 맞추었네. 나도 같은 일을 했지. 그리고 나는 대화를 시도했고, 그녀의 이름이 위나라는 사실을 알아냈다네. 무슨 뜻인지 몰라도 왠지 그녀에게 어울리는 것 같더군. 이것이 이후 한 주 동안 지속된 후 종말을 맞이하게 될 기묘한 우정의 시작이었다네. 자세한 이야기는 나중에 하기로 하지.

그녀는 정말로 어린아이와 같았다네. 언제나 나와 함께 있고 싶어 했지. 내가 가는 곳이면 어디든 따라다니려 했다네. 다음번 탐험에서는 그녀가 지쳐 떨어지게 해야겠다고 마음먹었고, 마침내 그녀를 떨어뜨릴 수 있었지. 그랬더니 탈진한 상태로 애처롭게 나를 부르더군. 하지만 나는 이 세계의 문제를 해결해야 했네. 꼬맹이와 연애나 즐기려고 미래로 온 것은 아니라고 나 자신을 설득해야만 했지. 하지만 그렇게 남겨 두고 올 때면 너무도 비통해하는 데다, 그런 식으로 떼어 두고 온 다음에는 엄청나게 흥분해서 뭐라고 쏘아 대는 덕분에, 나는 그녀의 애정으로부터 위안을 얻은 만큼이나 애도 먹은 것 같네. 어쨌든 그래도 그녀는 내게 큰 행복이었네. 처음에는 그녀가 내게 붙어 있는 것이 어린아이의 애정일 뿐이라고 생각했지. 모든 것이 너무 늦게 되기 전까지, 내가 떠날 때마다 그녀가 어떤 고통을 겪는지는 생각도 하지 못했네. 그녀가 내게 무슨 의미를 가지는지도 말이야. 그저 나를 좋아하는 태도를 보여 주고, 그 연약하고 별 도움 안 되는 방식으로라도 내게 신경을 써 주었을 뿐인데도, 흰색 스핑크스 지역으로 돌아와서 그 작고 사랑스러운 존재를 볼 때마다 내가 집에 돌아온 것 같은 느낌을 주었단 말이네. 그리고 나는 언덕배기를 넘자마자 흰색과 금색의 옷을 입은 그녀의 모습을 찾아 주변을 두리번거리게 되었지.

공포가 아직 세상에 남아 있다는 사실 역시 위나를 통해 배우게 되었네. 그녀는 낮 동안에는 전혀 두려움을 보이지 않았을 뿐더러, 나를 이상할 정도로 신뢰하고 있었네. 한번은 장난을 치려고 그녀에게 위협하는 표정을 지어 보이기도 했지만, 그녀는 그저 내 얼굴을 보고 웃을 뿐이었네. 그러나 위나는 어둠과 그림자, 그리고 검은 것들을 두려워했다네. 그녀가 두려워하는 단 한 가지가 바로 어둠이었어. 이상할 정도로 격렬한 감정이라서, 나는 그녀를 관찰하고 생각해 보지 않을 수가 없었네. 다른 무엇보다도 이 작은 종족들은 어두워지고 나면 커다란 집에 모여 함께 잠을 청한다는 사실을 발견하게 되었지. 불 없이 그런 곳에 들어가면 두려움 때문에 한바탕 소동이 일곤 했어. 해가 저문 다음에는 집 밖에 나와 있는 이들도, 집 안에서 홀로 자는 이들도 찾아 볼 수가 없었네. 그러나 나는 그런 공포로부터 교훈을 얻지 못하고, 위나가 괴로워하는데도 불구하고 무리와 따로 떨어져 자는 쪽을 고집할 정도로 어리석었다네.

위나에게는 아주 괴로운 일이었지만, 결국에는 나를 향한 그녀의 묘한 애정이 승리를 거두었다네. 그래서 우리가 함께 지낸 다섯 밤 동안, 최후의 밤까지 포함해서, 그녀는 내 팔을 베개 삼아 잠을 청했다네. 위나 이야기를 하느라 본론에서 벗어났군. 아마 위나를 구하기 전날 밤쯤인 듯한데, 새벽에 잠에서 깬 적이 있었네. 물에 빠져 죽어 가는 꿈을 꾸며 자리에서 뒤척이고 있었는데, 말미잘의 부드러운 촉수가 내 얼굴을 더듬는 느낌이 들더군. 놀라서 잠에서 깨어났는데, 바로 그 순간 회색의 동물 하나가 내 방에서 뛰쳐나가는 모습을 본 것만 같았네. 다시 잠을 청하려 했지만, 불편한 마음에 잠이 쉬 오지 않더군. 사물이 어둠 속에서 천천히 모습을 드러내기 시작하는 희미한 회색의 시간이었네. 모든 것이 무채색의 윤곽뿐인 초현실적인 모습으로만 보이는 때 말이야. 나는 자리에서 일어나서 넓은 홀을 지나, 궁전 앞의 포석 위로 나갔다네. 상황을 받아들이고 일출이라도 보려는 생각이었지.

달은 지고 있었고, 사그라져 가는 달빛과 첫 새벽의 광채가 희미한 어스름 속에 한데 섞이고 있었네. 수풀은 검은색이고, 땅은 침침한 회색이고, 하늘은 음울한 무채색을 띠고 있었네. 그리고 언덕배기에서는 유령 같은 것들이 보였어. 언덕을 훑어보는 동안, 세 번에 걸쳐 희끄무레한 형체가 보였다네. 그중 두 번은 유인원 같은 허연 생물이 꽤 빠르게 언덕을 달려 올라가는 것이 보였고, 한 번은 유적 근처에서 검은색의 뭔가를 나르는 모습이 보였다네. 서두르고 있더군. 마지막까지 지켜보지는 못했다네. 수풀 속으로 사라져 버린 것만 같았지. 새벽이라 아직 사물이 제대로 보이지 않았다는 사실을 감안해 주게나. 나는 자네들도 알고 있을 새벽의 모호한 음산함을 느끼고 있었다네. 내 눈을 의심할 수밖에 없었지.

동녘 하늘이 밝아 오고 태양의 빛과 선명한 색깔이 다시 세상에 돌아오자, 나는 주변을 자세히 살펴보았네. 하지만 내가 본 희끄무레한 형체들의 흔적은 보이지 않더군.

'유령이었던 게지. 언제 적 유령인지가 궁금하군.'

나는 이렇게 중얼거렸네. 그랜트 앨런[+]의 기묘한 묘사가 떠올라서 재미있다는 생각이 들었지. 그는 이렇게 말했다네. 만약 인류의 매 세대가 죽으며 유령을 남긴다면, 지구는 결국 유령으로 가득 차게 될 거라고 말이야. 그 이론에 따르면 80만 년이 지난 지금은 무수히 많은 유령이 존재하고 있을 테니, 한 번에 유령을 넷 보았다고 해서 뭐가 이상할 것이 있겠나. 하지만 이런 말장난으로 만족할 수는 없지. 나는 오전 내내 그 유령들을 생각하고 있었네. 위나를 구한 일 때문에 마침내 잊어버리게 될 때까지 말이지. 처음에 열정적으로 타임머신을 수색할 때 나를 놀라게 했던 하얀 동물이 왠지 그 유령과 관계가 있을 것 같더군. 그러나 이제 내 주의를 끌기에는 훨씬 더 즐

[+] 찰스 그랜트 앨런(1848~1899). 캐나다 출신 영국인 박물학자, 사상가, 작가. 웰스와 같은 시기에 시간여행을 다룬 소설을 쓰기도 했다. 이후 언급되는 내용은 그의 소설 「Pallinghurst Barrow」에 나오는 것으로, 소설 속에서 유물론자가 유령이 존재하지 않는다고 말하기 위해 사용한 논변이다. 웰스는 훗날 이 작품이 자신에게 큰 영향을 미쳤다고 고백한 바 있다.

거운 친구인 위나가 생겼지. 그러나 그들은 얼마 지나지 않아 훨씬 더 잔혹한 방식으로 내 마음의 일부를 사로잡을 운명이었다네.

황금시대의 기후가 우리 때보다 훨씬 덥다는 이야기는 했었지. 이유는 나도 알 수가 없다네. 태양이 더 뜨거워진 것일 수도 있고, 지구가 태양과 더 가까워진 것일 수도 있겠지. 미래로 갈수록 태양이 식어 갈 것이라 생각하는 것이 일반적이긴 하네. 하지만 젊은 다윈†† 부류의 가설을 모르는 이들은, 행성들이 결국 하나씩 부모인 태양으로 떨어져 하나로 합쳐질 수밖에 없다는 사실을 잊어버리곤 한다네. 그런 파국이 일어날 때마다, 태양은 다시 새로운 힘을 얻어 불타오르게 되지. 어쩌면 내행성 중 몇은 이미 그런 운명을 맞은 상황인지도 모르네. 이유가 무엇이든, 미래의 태양이 우리 시대의 태양보다 훨씬 뜨겁다는 사실은 명확할 걸세.

어느 매우 더운 아침나절에—아마 넷째 날이었을 걸세—내가 숙식을 해결하는 저택 근처의 거대한 유적에서 열기와 햇빛을 피할 만한 곳을 찾고 있던 중, 이상한 일이 일어났다네. 무너진 석재를 타고 올라가다가 낙석 무더기로 양 끝이 막혀 있는 좁은 회랑 하나를 발견했다네. 밝은 외부와 대조가 되어서 그런지, 처음에는 무엇

---

†† 진화론으로 유명한 찰스 다윈의 아들인 조지 하워드 다윈(1845~1912)을 가리키는 말이다. 천문학자이자 수학자로 활동했으며 기사 작위를 받기도 했다. 조석간만과 천체의 관계, 태양계의 생성에 대한 연구가 유명하다.

도 뚫고 지나갈 수 없을 만큼 어두워 보이더군. 갑자기 어두운 곳으로 들어왔기 때문에 눈앞을 떠다니는 색색의 점들을 보며, 나는 더 듬거리며 들어갈 수밖에 없었다네. 그러나 다음 순간, 나는 갑자기 주문에라도 걸린 듯 멈추어 섰다네. 바깥의 햇빛을 받아 반짝이는 한 쌍의 눈이 어둠 속에서 나를 주시하고 있었기 때문이지.

야수를 두려워하는 인간의 오래된 본능이 내 안에서 되살아났다네. 나는 주먹을 꽉 쥐고는 빛나는 한 쌍의 눈을 계속해서 바라보고만 있었지. 고개를 돌리기가 두려웠다네. 문득 이 시대의 인류가 누리고 있는 안전해 보이는 생활에 대한 생각이 떠올랐네. 그리고 그들이 묘하게 어둠을 두려워한다는 사실도 기억해 냈지. 어느 정도 공포를 극복한 후, 나는 앞으로 한 걸음 나가며 말을 걸어 보았네. 목소리가 거칠게 떨리고 있었다는 사실은 인정해야겠군. 손을 내밀자 뭔가 부드러운 것에 가 닿았네. 그 즉시 한 쌍의 눈은 옆으로 휙 움직이더니, 희끄무레한 무언가가 나를 지나쳐 달려가 버렸네. 심장이 내려앉은 채로 고개를 돌려 보니 작은 유인원 모양의 괴상한 짐승 하나가 고개를 죽 늘인 채로 내 뒤의 햇빛 드는 지점을 지나 달려가는 모습이 보였네. 그러다 화강암 바위에 부딪쳐 잠시 비틀거리더니, 순식간에 다른 돌무더기 폐허 아래의 어두운 그림자 속으로 사라져 버리고 말았네.

물론 내가 그 짐승의 모양을 제대로 기억할 리가 없겠지. 하지만 칙칙한 하얀색에 묘하게 커다란 회적색의 눈을 가지고 있다는 것만은 확인했다네. 또한 머리를 지나 등에 이르기까지 엷은 황갈색의 털이 나 있었다는 것도 말이야. 하지만 자세하게 볼 시간이 없을 정도로 너무 빨리 달아나 버렸단 말이지. 심지어는 네 발로 달려갔는지, 아니면 그저 앞발을 늘어뜨리고 있었던 것인지조차도 확실히 판단할 수가 없었네. 나는 잠시 머뭇거리다 그놈을 따라 두 번째 폐허 쪽으로 들어갔네. 처음에는 그놈을 발견할 수 없었지. 하지만 완벽한 어둠 속에서 잠시 시간을 보내고 나자, 예전에 말한 적 있는 둥근 우물과 비슷한 구조물이 무너진 기둥에 반쯤 덮여 있는 모습을 발견할 수 있었네. 순간 이런 생각이 떠올랐다네. 그 짐승이 이 구멍을 타고 내려간 것일까? 성냥에 불을 붙이고 아래를 내려다보니 작고 하얀 형체가 움직이는 것이 보였네. 크고 빛나는 눈으로 나를 바라보면서도 멈추지 않고 계속 내려가고 있더군. 순간 몸이 오싹해졌네. 마치 인간 거미 같은 모습이었으니까! 놈은 벽을 타고 내려가고 있었네. 나는 처음으로 우물의 벽에 금속으로 만든 발판과 손잡이가 달려 일종의 사다리와 같은 구조를 이루고 있다는 사실을 발견했다네. 그때 성냥불이 거의 타 버렸고, 성냥을 떨어트리자 불빛도 사라지고 말았네. 다음 성냥에 불을 붙이니 그 작은 괴물은 이미 사라지고 없더군.

얼마나 오랫동안 그 우물 안을 내려다보며 앉아 있었는지 모르겠네. 제법 시간이 흐른 후에야 내가 보았던 그 짐승이 인간이라는 사실을 납득할 수 있었지. 차츰 내게도 진실이 보이기 시작했다네. 인류는 하나의 종으로 남아 있지 않고, 두 가지의 다른 종으로 분화한 것이었어. 지상에 사는 어린아이 같은 우아한 종족이 우리의 유일한 후손은 아니라는 말이지. 방금 내 앞을 스쳐 지나간, 이 역겹고 색이 바란 야행성 짐승 역시 우리의 먼 후손이었던 게야.

나는 아지랑이가 아른거리는 탑을 떠올리고, 예전에 세웠던 지하 환기 가설을 떠올려 보았네. 그리고 그 탑들의 진정한 목적이 무언지 생각해 보았지. 그리고 이 여우원숭이[+] 같은 종족이, 완벽하게 균형 잡힌 조직 안에서 대체 무슨 역할을 맡고 있는 것일지도 고민하기 시작했어. 아름다운 지상인들의 나태한 평온과 이들 사이에 대체 무슨 관계가 있는 것일까? 그리고 이 구멍이 끝나는 곳에는 대체 무엇이 감춰져 있는 것일까? 나는 우물가에 앉아서 계속 이렇게 혼자 되뇌었다네. 어쨌든 두려워할 필요는 없어. 내 상황을 해결하려면 저 아래로 내려가야 해. 하지만 그러고 있는데도 우물 안으로 들어가는 일은 정말로 두렵기만 했다네! 내가 그렇게 머뭇거리고 있는 동안, 두 명의 아름다운 지상인이 사랑 놀이에 빠진 채 햇빛을 가로질러 그늘 속으로 들어왔네. 남성이 꽃을 뿌리며 여성을 쫓아 달리고 있었지.

[+] 다양한 종이 있으나, 일반적으로 원숭이에 비해 짐승 같은 생김새에 커다란 눈을 가지고 있다는 것에서 유사점을 찾은 듯하다.

그들은 내가 무너진 기둥에 기대어 서서 우물 안을 들여다보고 있는 모습에 당황하는 듯했네. 분명 이들에게는 이 구멍에 대해 언급하는 것 자체가 나쁜 일로 여겨지고 있었던 게지. 내가 우물을 가리키며 그들의 언어로 질문을 하려 했지만, 그들은 더욱 고통스러워하는 모습을 보이며 발걸음을 돌리고 말았네. 하지만 내 성냥에 흥미를 보이는 것 같아서, 나는 성냥불을 붙여 그들을 즐겁게 해 주었네. 다시 한번 우물에 대해 질문하려 했지만, 역시나 실패해 버렸지. 나는 그냥 그들을 보내 주고는 위나에게 돌아가서 정보를 얻어 내려 했네. 하지만 내 머리는 이미 바쁘게 돌아가고 있었지. 내 추론이 흘러내리고 미끄러지며 새로운 가설을 만들어 내고 있었던 게야. 이제 이 우물과 환기용 탑의 목적, 그리고 유령의 수수께끼를 풀 수 있는 단서를 하나 얻은 것 아니겠나. 그 청동 문짝이 의미하는 바와 내 타임머신의 운명까지노 말이시! 그리고 내가 풀지 못했던 경제 측면의 문제에 대한 해답 역시 모습을 비추는 듯했다네.

내 새로운 가설은 이랬네. 이 두 번째의 인간 종은 지하에 살고 있는 것이 분명했네. 그들이 거의 지상에 올라오지 않는 이유가 장기간의 지하 생활 때문이라고 생각할 만한 단서가 세 가지 있었네. 첫 번째로, 그들은 보통 어두운 환경에 사는 동물들에게서 흔히 볼 수 있는 색이 바란 하얀 피부를 가지고 있다네. 예를 들어서 켄터키 동굴[++]에 사는 흰색 물고기같이 말이지. 두 번째로, 빛을 반사할 수 있는 커다란 눈이 있다네. 이것 역시 올빼미나 고양이와 같은 야행성 동물의 특징이지. 마지막으로, 그놈이 햇빛 속에서 보였던 혼란스러운 태도, 엉거주춤하게 서둘러 어두운 그늘로 도망쳤다는 사실, 그리고 빛을 받는 동안 머리를 괴상하게 숙이고 움직이던 모습. 이 모든 것이 그 종족이 극도로 민감한 망막을 가지고 있을 것이라는 가설을 지지해 주고 있네.

내 발아래에는 수많은 토굴이 가득하고, 그 토굴 안에는 새로운 종족이 서식하고 있던 것일세. 언덕 비탈에 있던, 아니 사실 강둑을 제외한 모든 곳에 있던 환기용 기둥과 우물 들을 생각해 보면, 이들의 구조물이 얼마나 널리 걸쳐 존재하는지를 알 수 있었네. 그렇다면 이 인공적으로 만들어진 지하 세계에서 지상 종족의 안락에 필요한 작업을 수행하고 있다고 가정하는 것이 당연한 일이 아니겠는가? 너무도 잘 맞아떨어지는 해결책이라 나는 즉시 그 가설을 받아들이고는, 인류 종의 분화가 어떻게 해서 일어나게 되었는지로 생각을 옮겨 갔다네. 자네들 역시 내가 세운 가설을 이해할 수 있을 거야. 나는 얼마 지나지 않아 그 가설이 사실과는 상당히 동떨어져

[++] 켄터키주에 있는 세계에서 가장 긴 동굴 지역. 총 길이는 630킬로미터에 달한다. 19세기에 들어 국제적인 관광 명소가 되었고, 여러 차례 탐사대가 조직되기도 하였다. 눈이 퇴화된 동굴 어류와 가재 및 새우가 발견되어 박물학자들의 흥미를 끈 곳이기도 하다. 현재는 매머드 동굴 국립 공원으로 지정되어 있으며, 세계 문화유산 중 하나이다.

있다는 것을 깨닫게 되었지만 말일세.

　우선 우리 시대의 문제를 출발점으로 놓고 본다면, 지금은 일시적인 것으로 보이지만 점점 더 벌어지고 있는 자본가와 노동자 사이의 사회적 격차가 모든 일의 원인이라는 점만은 분명해 보였네. 자네들에게는 정말 괴상하고 말도 안 되는 허풍으로만 들리겠지! 하지만 지금 이 시대에도 그런 방향으로 향하고 있는 상황이 몇 가지 있다네. 문명의 덜 화려한 부분을 지하에서 운용하려는 경향이 있지 않나. 예를 들어, 런던에는 메트로폴리탄 철도⁺가 있지. 새로운 전기 철도⁺⁺가 있고, 지하보도가 있고, 지하 작업장이나 식당이 있고, 게다가 계속해서 그 수가 불어 가고 있지 않나. 이런 경향이 심해진다면 산업 전체가 하늘을 볼 권리를 잃어버리게 될 걸세. 공장들은 점점 더 커지면서 더 깊이 들어가고, 사람들은 그 안에서 점점 더 많은 시간을 보내게 되다가, 마침내! 지금도 이스트앤드⁺⁺⁺의 노동자들은 사실상 지구의 자연적인 표면과 단절된 인공적 환경에서 살고 있지 않은가?

　게다가 부유한 이들은 나날이 세련되어져만 가는 교육 덕택에 무

✢　세계 최초이자 런던에서 가장 먼저 건설된 지하철 노선. 1863년에서 1933년에 걸쳐 운행되었다. 당시에는 가스등을 켠 증기 기관차가 달렸다고 한다.
✢✢　전철은 1880년대부터 새로운 운송 수단으로 고려되어 왔으나, 실제로 등장한 것은 1900년에 이르러서였다.
✢✢✢　런던의 동부, 템스강의 북부에 위치한 빈민가 지역. 19세기 내내 이스트앤드는 빈곤, 질병, 범죄의 산실로 여겨져 왔다.

례하고 난폭하며 가난한 이들과 갈수록 격차가 벌어져만 가고, 이로 인해 배타적 경향을 띠게 된 부자들은 자신들의 이익을 보호하기 위해 지표면의 상당 부분을 자기만의 것으로 소유하고 있지. 예를 들어, 런던 일대에서 경관이 아름다운 근교의 절반 정도는 이미 출입 금지가 되어 있지 않나. 또한 부자들이 고등 교육에 바치는 시간과 비용, 그리고 품위 있는 행동을 가르치는 기관과 그에 대한 열망 역시 그런 격차를 벌리게 마련이네. 이렇게 격차가 벌어질수록 다른 계층 사이의 결혼 역시 갈수록 줄어들기만 할 거야. 결국 지상에는 즐거움과 안락함과 아름다움을 좇는 가진 자들이 살게 되고, 지하에는 주어진 노동의 환경에 적응해 나가는 노동자들, 즉 가지지 못한 자들이 살게 되겠지. 일단 지하에 들어서면 토굴의 환기를 위한 임대료도 잔뜩 내야 할 테고, 거절하면 연체금 때문에 굶거나 질식해 죽게 될 거네. 몸이 좋지 않거나 반항적인 자들은 살아남을 수 없을 게야. 그래서 마침내 영구적인 균형이 이루어지고, 지하의 생존자들은 지하 환경에 잘 적응해서 그들 나름대로 행복하게 살게 되는 거겠지. 지상인들과 마찬가지로 말이야. 내게는 정제된 아름다움과 창백한 피부색 양쪽 모두 자연스럽게만 여겨졌다네.

내가 꿈꿔 온 인류의 위대한 승리는 다른 모습이 되어 버렸지. 내가 상상한 것과 같은 윤리 교육과 보편적 협력에 의한 승리가 아니었던 거야. 내 눈앞에 있는 것은 완벽한 과학으로 무장하고, 현대 산업 조직의 논리적 귀결을 이끌어 낸 진정한 귀족 정치였던 말이네. 그 승리는 단순히 자연에 대한 승리가 아니라, 자연과 동료 인간에 대한 승리였던 것이지. 이것이 그저 그 당시의 내 가설이었다는 사실을 염두에 두게나. 나에게는 유토피아를 그린 소설에 흔히 나오는 편리한 안내인이 없었던 말일세. 내 가설이 완벽하게 틀릴 수도 있는 일이지만, 나는 아직까지도 이 설명이 가장 그럴듯하다고 생각하고 있다네. 그러나 이 가설을 받아들인다고 해도 인류가 최후에 도달한 균형 잡힌 문명이 오래전에 정점을 지나 쇠락해 버렸다는 사실은 변하지 않았네. 너무 완벽한 안전 속에 살고 있는 지상인은 천천히 퇴화의 길에 접어들어, 크기, 힘, 지능 모두가 쇠퇴해 버린 것이지. 이는 이미 내가 지금까지 확실하게 인지한 내용이었네. 지하인들에게 어떤 변화가 일어났는지는 아직 짐작할 수가 없었네. 그러나 내가 본 바에 의하면, 몰록은—이것이 그 종족의 이름이었네—내가 이미 알고 있던 아름다운 종족, 엘로이보다 훨씬 더 인류에게서 멀어졌을 것이라 짐작할 수 있었네.

그에 이어 골치 아픈 질문이 하나 떠올랐네. 왜 몰록들이 내 타임머신을 가져간 것일까? 나는 이미 그들이 내 타임머신을 가져간 것이라 확신하고 있었네. 게다가 엘로이가 몰록의 주인이라면, 그들이 내 타임머신을 돌려줄 수 있는 것이 아닐까? 그리고 왜 그들은 그렇게 어둠을 두려워하는 것일까? 아까 말한 대로 위나에게 가서 지하에 대해 질문해 보았지만, 역시 결과는 실망스러웠네. 처음에는 내 질문을 이해하지 못하더니, 곧 아예 대답하기를 거부하더군. 도저히 견딜 수 없는 이야기를 꺼낸 양 바들바들 떨고 있었네. 내가 계속해서, 아마도 조금 거칠게 추궁하자, 그녀는 울음을 터뜨려 버렸네. 나 자신의 눈물을 제외하고는, 이것이 내가 이 황금시대에서 목격한 유일한 눈물이었다네. 나는 위나의 눈물을 보자 몰록에 대한 생각은 그만두고, 인류의 후손이라는 증거인 그 눈물을 위나의 눈에서 사라지게 하는 일에만 전념했다네. 그리고 내가 한껏 장엄하게 성냥불을 켜 보이자, 그녀는 금세 미소를 지으며 손뼉을 치기 시작했지.

06

두 인류

자네들은 이상하게 생각할지도 모르겠지만, 새로 발견한 단서를 제대로 된 방향으로 짚어 나갈 수 있게 된 것은 이틀이 지난 후였다네. 그 창백한 몸뚱이가 특히 꺼림칙했네. 동물학 박물관에서 알코올에 절여 보존한 반쯤 색이 빠진 벌레나 동물의 색이었거든. 게다가 불쾌하기 짝이 없을 정도로 차가웠지. 어쩌면 내가 엘로이 쪽의 영향 때문에 놈들을 그렇게 혐오하게 된 것일지도 모르지. 그들의 몰록에 대한 혐오감에도 슬슬 공감이 가고 있었거든.

　다음 날 밤에는 제대로 잠을 이루지 못했다네. 어쩌면 건강에 문제가 생긴 것일지도 모르지. 불안과 의심이 나를 짓누르고 있었네. 한두 번은 별 이유 없이도 격렬한 공포에 사로잡히기도 했지. 소리를 죽이고 작은 종족들이 달빛을 받으며 자고 있는 커다란 홀로 기어들어 가서―그때는 위나도 그곳에 있었네―그들과 함께 있다는 사실에 안도감을 느낀 적도 있다네. 그런 와중에서도 문득 이런 생각이 떠올랐다네. 며칠만 지나면 달이 그믐에 가까워질 것이고, 그러면 밤은 더 어두워지게 될 것이며, 지하에 살고 있는 그 불쾌한 생물들, 그 희끄무레한 여우원숭이들, 과거의 해악을 대신한 새로운 짐승들이 더 많이 모습을 드러낼지도 모른다고 말이야. 이틀 동안 나는 임무를 회피하는 사람과도 같은 초조함을 느끼고 있었네. 지하의 수수께끼를 정면으로 마주해야만 타임머신을 되찾을 수 있다는 확신이 있었지. 그러나 나는 그 수수께끼와 맞설 수가 없었네. 동료가 하나라도 있었으면 달라질 수도 있었을 게야. 하지만 나는 끔찍할 정도로 혼자였고, 그 우물의 벽을 타고 아래로 내려갈 생각만 해도 소름이 돋을 지경이었네. 자네들이 그때의 내 감정을 이해할 수 있을지 모르겠지만, 나는 등 뒤가 항상 두려웠다네.

아마도 이런 초조함과 불안함 때문에 갈수록 더 멀리 탐험 여행을 떠나게 된 듯하네. 남서쪽으로 가서 현재 쿰우드✝라고 불리는 구릉지까지 도달하자, 19세기의 밴스테드✝✝ 방향 저 멀리에 지금까지 본 것과는 다른 형식의 커다란 녹색 건물이 서 있는 것이 보였네. 내가 알고 있는 궁전이나 폐허보다 훨씬 더 컸고, 동양풍의 외관을 하고 있더군. 중국 청자에서나 볼 수 있는 비취색의 광택 나는

✝　리치먼드에서 남쪽으로 약 5킬로미터 떨어진 작은 숲과 언덕. 현재는 골프장으로 변했다.
✝✝　런던 근교 서리주의 소도시. 쿰우드에서 남동쪽으로 약 25킬로미터 떨어져 있다.

표면에, 살짝 회녹색 빛깔도 섞여 있더군. 이렇게 차이가 있다는 말은 곧 다른 용도로 사용된 건물일 것이란 뜻이고, 나는 안으로 들어가 탐험해 볼 마음을 먹었네. 하지만 벌써 날이 저물고 있었고, 온종일 걸어서 지친 상태로 그 건물을 발견했다는 문제도 있었지. 그래서 일단 그 모험은 다음 날로 미루기로 결정하고, 작은 위나의 환영과 따뜻한 손길 아래로 돌아갔다네. 그러나 다음 날 아침이 찾아오자, 나는 확실히 깨닫게 되었네. 내가 청자 궁전에 대해 가지고 있던 호기심이 그저 두려운 탐험을 하루 더 미루려는 기만책일 뿐이라는 사실을 말이야. 더는 시간을 낭비하지 않고 아래로 내려가 보리라 단단히 마음먹고, 화강암과 알루미늄 폐허 근처의 우물을 향해 이른 아침에 출발했다네.

작은 위나도 나를 따라 달려왔네. 그녀는 우물에 이를 때까지는 내 옆에서 춤추고 있었지만, 내가 몸을 기울여 우물 안을 들여다보는 모습을 보자 묘하게 당황해하는 듯하더군.

'잘 있거라, 꼬마 위나야.'

나는 그녀에게 입을 맞추며 이렇게 말하고는 그녀를 내려놓았네. 그러고는 우물 난간 너머를 더듬어 갈고리를 찾기 시작했지. 고백하지만, 용기가 사라져 버릴까 두려워 제법 서둘렀다네! 그녀는 처음에는 놀란 듯 나를 바라보았네. 그러더니 가련한 비명을 지르며 내게 달려와서는, 그 작은 손으로 나를 끌어내려 하였네. 아무래도 그녀의 반대 때문에 계속해 나갈 기력이 생긴 것 같아. 나는 조금 거칠게 위나를 떨쳐 냈고, 바로 다음 순간에는 우물의 입구 속으로 몸을 들이고 있었네. 우물 난간 위로 위나의 고통스러워하는 얼굴을 보고는, 그녀를 안심시키려 웃어 보이기까지 했지. 그러고는 내가 붙잡고 있는 흔들거리는 갈고리를 내려다볼 수밖에 없었다네.

아마도 200야드(약 182미터) 정도 구멍 아래로 내려간 듯하네. 우물 벽면에 튀어나와 있는 금속 막대를 사용해 내려가야 했는데, 나보다 훨씬 작고 가벼운 존재를 위해 만든 물건인만큼 나는 금세 지치고 손발이 저리기 시작했네. 그냥 지치기만 한 것이 아니야! 체중을 싣고 있던 막대 하나가 갑자기 구부러지는 바람에, 나는 아래의 어둠 속으로 추락할 뻔했다네. 한동안 한 손으로 매달려 있어야 했고, 그 이후로는 잠시 멈출 엄두도 내지 못했지. 팔과 등에 찌르는 듯한 통증이 느껴져 왔지만, 나는 최대한 빠르게 움직이며 계속 아래로 내려갔다네. 위를 올려다보니 작고 파란 원형의 구멍이 보였고, 그 안에 떠 있는 별이 하나 보였네. 그리고 위나의 머리는 둥글고 검은 돌출물처럼 튀어나와 있었지. 아래쪽에서 들리는 기계의 쿵쿵대는 소리는 갈수록 커지고 위압적으로 들리기 시작했네. 작은 원형 구멍 외에는 모든 것이 어두웠고, 다시 위를 올려다보자 위나는 사라진 후였네.

나는 불안 때문에 고통스러울 지경이었네. 지하 세계 따위는 잊어버리고 다시 구멍을 타고 올라갈까 하는 생각도 들었지. 하지만 그런 생각을 곱씹어 보는 동안에도 나는 꾸준히 내려가고 있었네. 마침내 내 오른쪽 1피트 정도 아래 벽에 작은 구멍이 뚫려 있는 것이 희미하게 보였네. 나는 매우 안도했지. 몸을 날려 안으로 들어가 보니, 누워 쉴 수 있을 만한 좁은 수평 토굴이더군. 더 이상 버틸 수가 없을 때였네. 팔은 아프지, 등은 저려 오지, 추락할까 봐 잔뜩 겁을 먹은 채로 오랫동안 떨고 있지 않았나. 그 외에도 끝없는 어둠 때문에 눈이 피곤하기도 했지. 이제 주변은 우물 구멍 아래에서 공기를 펌프로 끌어 들이는 기계 소리로 가득 차 있었네.

얼마나 오래 누워 있었는지 기억도 나지 않네. 부드러운 손길이 내 얼굴을 만지는 바람에 정신이 들었지. 나는 깜짝 놀라 일어나서는 성냥을 찾아 재빨리 하나를 켜 들었네. 내가 지상의 폐허 근처에서 보았던 것과 비슷한 구부정하고 희끄무레한 짐승 세 마리가 황급히 빛으로부터 도망치는 모습이 보였네. 놈들과 같이 칠흑 같은 어둠 속에서 살게 되면 심해어와 같이 비정상적으로 크고 민감한 눈을 가지게 되고, 빛을 반사하는 법이지. 놈들이 빛이 전혀 없는 어둠 속에서도 나를 볼 수 있다는 사실은 분명했고, 빛을 제외하고는 나를 두려워하는 것으로 보이지도 않았네. 하지만 내가 그들을 보기 위해 성냥을 켜 들자마자, 그들은 즉시 달아나 어두운 도랑과 토굴 속으로 모습을 감추었네. 어둠 속에서 묘하게 빛나는 눈들만

이 나를 노려보고 있었지.

그들을 불러 보려고 시도해 보았지만, 그들이 사용하는 언어는 지상 종족의 언어와는 다른 것으로 보였네. 나 혼자 힘으로 이 상황을 해결해야 했고, 탐험보다 도망치고 싶은 마음만 가득했다네. 하지만 나는 이렇게 중얼거렸네.

'이제 도망칠 수는 없다고.'

토굴을 따라 더듬으며 나아가는 동안 기계 소리는 점점 더 커져만 갔네. 마침내 벽이 사라지고 넓은 공간이 나왔네. 성냥에 불을 붙여 보니, 반구형 천장이 덮인 거대한 동굴에 들어왔다는 사실을 알 수 있었네. 동굴은 성냥불의 빛 너머 어둠 속으로 계속해서 뻗어 있었지. 성냥 하나가 다 타는 동안 볼 수 있었던 것은 겨우 그 정도였다네.

그러니 내가 기억하는 것도 모호할 수밖에 없지. 커다란 기계로 보이는 형체들이 어둠 속에서 솟아나 기괴한 그림자를 드리우고 있었고, 유령 같은 모습의 몰록들은 그 그림자 안에 숨어 빛을 피하고 있었네. 그런데 동굴 전체는 왠지 매우 답답하고 불쾌한 느낌이었고, 갓 흘린 피비린내가 공기 중에 떠돌고 있었네. 동굴 가운데의 단상 아래쪽에 하얀 금속으로 만든 작은 탁자가 있었고, 그곳 위에 먹을거리로 보이는 것이 올려져 있었네. 어쨌든 놈들은 육식 동물이었던 거네! 아직까지 살아남아 있는 짐승 중에 저런 신선하고 큼

지막한 다리 살을 제공할 수 있는 커다란 종이 무엇일지 궁금해하던 기억이 지금까지도 떠오른다네. 고약한 냄새와 무심하고 거대한 형체들, 그림자 속에서 꿈틀대며 어둠이 돌아오기만 하면 내게 달려들려 기다리고 있는 사악한 짐승들! 그때 성냥이 다 타서 내 손가락을 뜨겁게 찌르고는, 바닥으로 떨어져 어둠 안의 붉은 점 하나로 잦아들어 버렸네.

이런 모험을 하기에는 너무도 준비가 부족했다고 생각할 수밖에 없다네. 타임머신이 출발할 때만 해도, 미래의 인간들은 모든 분야의 장비에서 우리들보다 훨씬 앞서 있을 것이라 생각하고 있었다네. 나는 무기도, 의약품도, 담배 피울 거리도—가끔씩 미칠 정도로 담배가 그리웠다네!—그리고 심지어는 성냥도 충분히 가져오지 않았네. 내가 코닥※을 가져올 생각만 했더라면! 즉각 플래시에 비친 지하 세계를 사진으로 찍어서 나중에 여유롭게 검토할 수 있었을 것 아닌가. 하지만 그때 내게는 자연이 내려준 무기와 힘, 즉 손발과 이밖에는 가진 것이 없었다네. 거기에 아직 네 개비의 안전성냥이 수중에 남아 있기는 했지.

어둠 속의 기계들 사이로 나아가기는 두려웠고, 들고 있던 성냥

※ 코닥사는 1888년 조지 이스트먼에 의해 설립되었고, 그와 동시에 롤필름을 사용하는 저가형 카메라를 생산하기 시작했다. 1890년대 초반에는 접이식 카메라를 선보였으며, 19세기 후반에서 20세기에 걸친 오랜 시간 동안 코닥이라는 단어는 소형 카메라를 지칭하는 일반 명사로 사용되었다.

이 꺼지는 순간 성냥이 얼마 남지 않았다는 사실을 알게 되었다네. 그 순간이 되기까지는 성냥을 아껴야 한다는 생각은 한 적도 없었고, 불을 신기한 것으로 여기는 지상인들을 즐겁게 해 주기 위해 거의 반 갑을 낭비해 버린 것이지. 아까 말했듯이 이제 남은 성냥은 네 개비뿐이었네. 게다가 어둠 속에 서 있는 동안 손 하나가 와서 내 손을 건드리고, 긴 손가락이 내 얼굴을 더듬는 것이 느껴지더군. 묘한 악취도 맡을 수 있었지. 내 주변을 둘러싸고 있는 그 끔찍한 작은 짐승들의 숨소리가 들리는 것만 같았어. 손에 들고 있는 성냥갑이 부드럽게 빠져나가는 것이 느껴졌고, 다른 손길 하나는 내 뒤에서 옷을 잡아당기고 있었어. 보이지 않는 존재들이 나를 검사하는 느낌은 극도로 불쾌했다네. 어둠 속에 있자니 내가 그들의 생각과 행동 방식을 모른다는 사실이 갑작스럽게 느껴지더군. 나는 최대한 힘껏 소리를 질렀네. 그들은 깜짝 놀라 뒤로 물러섰지만, 곧 다시 돌아오는 것을 느낄 수 있었네. 나를 좀 더 꽉 움켜쥐고는, 묘한 소리를 내며 서로 속삭이더군. 나는 부들부들 몸을 떨며 다시 소리를 질렀네. 거의 괴성에 가까웠을 거야. 이번에는 그다지 놀라지 않는 듯했고, 묘하게 웃는 소리를 내며 다시 내게 돌아왔다네. 고백하건대 정말 끔찍하게 겁을 먹은 상태였네. 성냥 한 개비를 더 켜고 그 불빛의 보호 아래에서 도망쳐야겠다고 마음먹었지. 나는 그 생각을 실행에 옮겼고, 주머니에서 종잇조각을 꺼내어 불꽃을 조금이라도 더 오래가게 하면서 좁은 토굴까지 퇴각할 수 있었다네. 그러나 불이 꺼질 때쯤에는 겨우 토굴에 발을 들여놓았을 뿐이었고, 어둠 속에서는 잎새를 스치는 바람과 빗방울이 타닥거리는 것 같은 소리가 들려왔네. 몰록들이 서둘러 나를 쫓아오는 소리였지.

순식간에 손 몇 개가 나를 움켜쥐었네. 나를 다시 끌어 들이려는 게 불을 보듯 뻔했지. 나는 다시 성냥에 불을 붙여 눈이 부셔 쩔쩔 매고 있는 놈들의 얼굴 앞에서 흔들었네. 그놈들이 눈이 먼 채로 놀라 바라보는 모습이 얼마나 역겨울 정도로 비인간적인지 자네들은 상상도 못 할 거야. 턱이 움푹 들어간 창백한 얼굴에, 눈꺼풀이 없는 커다란 적회색의 눈! 하지만 그 모습을 관찰하려 머무르지는 않았네. 장담하지. 나는 다시 퇴각했고, 두 번째 성냥이 꺼지자마자 세 번째 성냥에 불을 붙였다네. 우물로 이어지는 출구에 도착했을 때는 세 번째 성냥마저도 거의 타 없어진 상태였네. 나는 아래의 서대한 펌프 움직이는 소리에 정신을 차릴 수가 없어서 구멍 가장자리에 몸을 눕히고는 손을 뻗어 갈고리를 더듬어 찾기 시작했네. 그와 동시에 뒤에서 무언가가 내 발을 잡고는 힘껏 잡아당기기 시작했네. 나는 마지막 성냥을 켰지만, 그대로 꺼져 버리고 말았지. 하지만 이제 쇠막대를 잡은 상태였고, 나는 격렬하게 발길질을 하며 몰록들의 손아귀에서 벗어나서 서둘러 위로 올라가기 시작했다네. 놈들은 그 자리에 멈춰 서서 눈을 깜빡이며 나를 올려다보기만 할 뿐이었지. 끈질기게 나를 따라와서 내 장화 한 짝을 전리품으로 챙길 뻔한 한 놈을 제외하고는 말이야.

아무리 올라가도 끝이 없는 듯했다네. 지상까지 20에서 30피트 정도 남았을 때, 지독한 메스꺼움이 나를 덮쳤네. 손에서 힘을 빼지 않으려 온 힘을 다해야 했지. 마지막 몇 야드는 정신을 잃지 않으려 끔찍할 정도로 발버둥을 쳤다네. 몇 번은 머리가 어지러워지면서, 그대로 추락하는 감각을 맛보기도 했지. 그러나 결국 나는 우물 입구를 넘어와서는, 폐허를 나와 밝은 햇빛 아래로 나왔네. 그러고는 그대로 앞으로 고꾸라졌지. 흙냄새조차도 상쾌하고 향긋하더군. 그다음에는 위나가 내 손과 귀에 키스를 하던 것과 다른 엘로이들의 목소리가 기억나네. 그리고 곧 의식을 잃었지.

07

지하 세계

자, 이제 상황은 예전보다 더욱 나빠진 상태였네. 타임머신을 잃어버린 날 밤 고뇌한 것만 제외하면, 나는 결국 탈출할 수 있을 것이라는 믿음에 의지하고 있었네. 그러나 이 새로운 발견들로 인해 그 희망도 흔들리게 된 거지. 지금까지는 나를 방해하는 것이 작은 종족의 아이 같은 단순함과 수수께끼의 힘뿐이라고 생각했고, 그 힘을 이해하기만 하면 길이 열릴 것으로 생각해 왔네. 그러나 몰록들의 기분 나쁜 본성에는 뭔가 새로운 요소가, 어딘지 모르게 비인간적이고 악의를 품은 요소가 존재했다네. 나는 본능적으로 그들을 혐오하고 있었네. 예전에는 단순히 구덩이에 떨어진 인간과 같은 기분이었네. 나는 구덩이에 대해서만 생각하고, 어떻게 구덩이에서 나갈지만 궁리했지. 그러나 이제 나는 함정에 빠진 짐승의 기분이 되었어. 곧 적이 나를 잡으러 나타날 것을 아는 짐승 말이야.

내가 두려워한 적이 무엇인지를 알면 자네들은 놀랄지도 모르네. 그 적은 바로 그믐날 밤의 어둠이었네. 위나가 그 어두운 밤에 대한 이야기를 내게 해 주었다네. 처음에는 무슨 말인지 이해할 수가 없었지만, 지금은 다가오는 어두운 밤이 무엇인지를 추측하는 일이 그리 어려운 일은 아니었지. 달은 기울어 가고 있었네. 밤이 찾아올 때마다 어둠이 머무는 시간은 더 길어졌지. 그리고 나는 이제 이 작은 지상인 종족이 어둠을 두려워하는 이유가 무엇인지를 조금이나마 이해하게 되었네. 몰록들이 그믐날 밤의 어둠 속에서 어떤 악행을 저지르는지는 알 수 없었지만 말이야. 이제 내 두 번째 가설이 완전히 틀렸다는 것을 거의 확신할 수 있었네. 지상 종족은 한때 축복받은 귀족 계급이었을지도 모르고, 몰록은 수동적인 하인이었을지도 모르네. 하지만 그런 시절은 오래전에 끝나 버렸어. 인간 진화의 산물인 이 두 종족은 전혀 다른 종류의 관계를 향해 나아 가고 있거나, 아니면 이미 도달해 있었던 것이네. 엘로이는 카롤링거 왕조✛의 왕들처럼 아름답지만 쓸모없는 존재가 되었다네. 그들이 지상을 소유할 수 있는 것은 몰록의 묵인 덕분이야. 수많은 세대 동안 지하에서 살아온 몰록들이 마침내 빛이 비치는 지표면을

✛ 중세 전반부에 프랑크 왕국을 건국하고 다스린 왕조. 프랑크 왕국의 분열 이후 대부분 왕좌에서 쫓겨났으며, 소국을 다스리며 과거의 영광을 곱씹는 명목뿐인 군주가 몇 남아 있을 뿐이었다.

견딜 수 없게 되었기 때문이지. 그리고 몰록이 지상인의 의복을 만들어 주고 계속되는 생필품을 공급해 주는 것은, 아마도 과거의 행동을 이어가기 위한 것으로 보였네. 서 있는 말이 발굽으로 땅을 긁거나, 사람이 스포츠로 사냥을 즐기는 것과 마찬가지인 행동이라는 거지. 과거에 존재하던, 이미 사라진 필요성이 그런 행동을 각인시켰기 때문에 말이야. 그러나 과거의 질서는 이미 어느 정도는 뒤바뀐 상태였네. 가냘픈 이들을 향해 네메시스[++]가 다가오고 있었으니까. 오래전, 몇 천 세대 전에, 인간은 동료 인간으로부터 편안함과 태양 빛을 빼앗아 갔었네. 이제 그 형제가 돌아오고 있었던 것이지. 다른 모습으로 말이야! 이미 엘로이는 오래된 교훈 한 가지를 다시 배우기 시작했네. 그들은 다시 공포를 접하게 되었어. 그리고 문득 지하에서 보았던 고깃덩이의 기억이 머릿속에 떠올랐네. 내 시고의 흐름 속에 등장해서가 아니라, 거의 외부에서 던지는 질문과 같이 등장한 것이지. 나는 그 형상을 다시 떠올려 보려 했네. 어딘지 모르게 친숙한 부분이 있는 느낌이 들었지만, 그때는 그 느낌이 무엇인지 정확하게 말할 수 없었다네.

하지만 이 작은 종족이 비밀스런 공포 앞에서 아무리 무력하다고 해도, 나는 그들과는 달랐네. 나는 인류가 전성기를 맞이하던 우리들

[++] 그리스 신화에 등장하는 복수의 여신.

의 시대에서, 공포 때문에 몸이 마비되지도 않고, 무지가 곧 두려움이 되지도 않는 시대에서 왔으니까 말이야. 나는 최소한 내 몸 하나는 지킬 수 있지 않나. 나는 즉시 무기를 만들고 잠을 잘 수 있는 안전한 장소를 확보하기로 했다네. 그 장소를 본진으로 삼으면, 밤이 될 때마다 내가 짐승들에게 무력하게 노출되어 있었다는 사실을 깨달은 후 잃어버린 자신감을 어느 정도 되찾고 이 기묘한 세계를 마주할 수 있을 테니까 말이야. 놈들이 다가올 수 없는 장소에 잠자리를 만들기 전에는 도저히 잠을 이룰 수 없을 것 같았다네. 놈들이 벌써 나를 조사했을 거라는 생각만 해도 공포에 몸이 떨릴 지경이었지.

나는 오후 동안 템스강 계곡을 돌아다녔지만, 접근할 수 없어 보이는 곳은 별로 보이지 않았네. 몸이 날래고 예의 우물 벽도 탈 수 있는 놈들이라면 건물이나 나무에는 손쉽게 올라갈 수 있을 것이 분명했지. 그때 청자 궁전의 높다란 탑과 반들거리는 벽면에 생각이 미쳤네. 그날 저녁, 위나를 아이처럼 어깨 위에 태운 채로, 나는 남서쪽으로 향하는 언덕으로 올라가기 시작했지. 거리가 7, 8마일 정도 될 것이라 생각했는데, 사실은 18마일에 가까운 모양이었어. 처음에 그곳을 보았을 때는 습기 찬 오후 나절이라 거리를 잘못 판단하기가 쉬웠던 게지. 게다가 신발 한쪽 굽은 헐거워져 있고, 못이 밑창을 뚫고 나올 지경이었네. 실내에서 편하게 신던 낡은 신발이었거든. 그래서 나는 결국 절름거리며 걸을 수밖에 없었네. 궁전이 눈에 들어왔을 때는 해가 저문 지도 한참이 지난 후였다네. 희미하게 남은 노란 하늘을 배경으로 검은 실루엣으로만 보였지.

위나는 처음에 무동을 태워 줬을 때는 즐거워 보였지만, 잠시 후에는 내려가고 싶어 하더니 내 옆에서 함께 달리기 시작했네. 가끔 길 양쪽으로 달려가 꽃을 꺾어 내 주머니에 채우곤 했지만 말이야. 위나는 언제나 내 주머니가 무엇인지를 이해하지 못했지만, 결국 꽃을 꽂아 장식하는 독특한 모양의 꽃병이라는 결론을 내린 모양이었네. 적어도 그녀는 내 주머니를 그런 용도로 사용했다네. 그러고 보니! 옷을 갈아입다가 이걸 발견했는데……."

시간여행자는 말을 멈추고는 주머니에 손을 넣더니, 조용히 시든 꽃 두 송이를 꺼냈다. 매우 큰 아욱꽃같이 생긴 하얀 꽃이었다. 그는 꽃을 작은 탁자 위에 내려놓고는 이야기를 계속했다.

"저녁의 정적이 세상을 뒤덮기 시작했네. 윔블던⁺ 쪽을 향해 언덕 능선을 넘어가고 있던 중, 위나는 지쳐서 회색 석재로 만든 집으로 돌아가고 싶어 했네. 그러나 나는 멀리 보이는 청자 궁전의 탑을 가리켜 보이며, 그곳으로 가서 그녀가 두려워하는 것으로부터 피하려 한다는 사실을 이해시키려 했네. 땅거미가 내리기 전 만물에 내려앉는 고요함을 알고 있나? 심지어는 산들바람도 나무를 흔들

⁺ 런던 남부 서턴 지역의 도시. 리치먼드에서 동남쪽으로 10킬로미터가량 떨어져 있다. 세계에서 가장 오래된 테니스 대회인 윔블던 선수권 대회가 시작된 곳이기도 하다.

지 않는다네. 이런 저녁의 적막은 내겐 언제나 무언가를 기대하는 분위기를 품고 있는 것으로만 보인다네. 저녁놀이 남은 서쪽 하늘에 낮게 구름이 띠를 이루고 떠 있는 것을 빼면, 하늘은 맑고 깊고 텅 비어 있었네. 글쎄, 그날 밤에는 내 기대는 공포와 같은 색깔이었다네. 고요한 어둠 속에서 감각이 초자연적으로 날카로워져 있었지. 심지어는 내 발밑의 텅 빈 공간이 느껴진다는 상상까지 할 정도였지. 자기네 개미둑에서 여기저기로 움직이며 어둠이 깔리기를 기다리는 몰록들마저 볼 수 있을 것만 같았어. 나는 잔뜩 흥분한 채로, 내가 그들의 거주지에 침입한 일을 선전 포고로 받아들일지도 모른다고 상상했다네. 그런데 내 타임머신은 대체 왜 가져간 걸까?

그렇게 우리는 정적 속을 계속 걸었고, 황혼은 이윽고 깊어져 밤이 되었네. 멀리 보이는 선명한 푸른색이 사라지며 별이 하나둘 떠오르기 시작했지. 땅은 희미해지고 나무는 검게 보이기 시작했네. 위나에게 공포와 피로가 쌓여 가는 것이 보였네. 나는 그녀를 안아 올려 말을 걸고 쓰다듬어 주었다네. 어둠이 점점 깊어지자 그녀는 내 목에 팔을 두른 채로, 눈을 감고 내 어깨에 얼굴을 꼭 붙였다네. 우리는 긴 비탈길을 따라 계곡으로 내려갔고, 어두워 앞이 잘 보이지 않아 하마터면 작은 강물 속으로 발을 헛디딜 뻔했다네. 나는 그대로 강을 건너 계곡 건너편에 도달한 다음, 수면용 건물 여러 채와 석상 하나를 지나쳐 갔다네. 석상은 판[+]이나 뭐 그런 것으로 보였는데, 머리가 붙어 있지 않더군. 이곳에도 아까시나무가 있었네. 지금까지 몰록은 전혀 모습을 드러내지 않았지만, 아직은 이른 밤이었고, 기울어 가는 달이 뜨기 전의 더 어두운 시간이 곧 찾아 올 예정이었지.

다음 언덕 꼭대기에서 보니 검고 울창한 숲이 내 앞에 펼쳐져 있었네. 나는 이 광경에 머뭇거렸지. 오른쪽을 보아도 왼쪽을 보아도 숲이 끝나는 곳은 보이지 않았어. 나는 지쳐 있었고, 특히 발이 아주 아팠다네. 그래서 걸음을 멈추고 위나를 어깨에서 내려놓으며, 풀밭 위에 자리잡고 앉았지. 더 이상 청자 궁전도 보이지 않았고, 내가 방향을 제대로 잡고 있는지도 확신할 수 없었다네. 나는 울창한 숲을 바라보며 그 안에 무엇이 숨어 있을지 생각했다네. 빽빽한 나뭇가지 아래로 들어가면 별조차 보이지 않을 것이 분명했어. 다른 위험이 숨어 있지 않다고 하더라도―내가 자마 상상하고 싶지도 않은 그 위험 말이네―뿌리에 걸려 넘어질 수도 있고, 나무에 부딪칠 수도 있는 법 아닌가. 게다가 낮에 꽤나 흥분을 한 터라 상당히 지쳐 있기도 했지. 그래서 그런 위험을 마주하는 대신 탁 트인 언덕 위에서 밤을 보내기로 결정했네.

다행히도 위나는 깊이 잠들어 있었다네. 나는 조심스레 외투로

+ 염소의 뿔과 수염, 다리를 가지고 있는 그리스 신화의 목축의 신.

그녀를 감싸 준 다음, 그 옆에 앉아 달이 뜨기를 기다렸네. 언덕 근처에는 아무도 없고 조용했지만, 어두운 숲속에서는 때때로 살아 있는 것들이 움직이는 소리가 들렸다네. 머리 위 구름 한 점 없는 밤하늘에는 별이 빛나고 있었지. 그 빛나는 별에서 왠지 모를 안도감이 느껴졌다네. 그러나 예전 친숙하던 별자리들은 모두 사라져 버렸다네. 별들은 사람의 일생이 백 번 계속되어도 분간하기 힘들 정도로 느리게 움직이지만, 그런 움직임만으로도 별들은 서로 흩어지고 새로운 모양으로 뭉친 지 오래였다네. 그러나 은하수만은 옛날과 같이 흩어져 흐르는 별 무리의 모양 그대로였지. 남쪽 하늘에는 (내 짐작으로 말일세) 처음 보는 붉은색의 매우 밝은 별이 하나 떠 있었다네. 우리 시대의 초록색 시리우스$^{+}$보다 훨씬 볼만하더군. 그리고 반짝이는 빛의 점들 사이에서, 행성 하나가 오랜 친구의 얼굴처럼 깜빡이지도 않고 따스하게 빛을 발하고 있었네.

별을 보고 있노라니 갑자기 내 고난과 지상의 삶의 무게가 전부 하찮게 여겨지더군. 나는 우리와 별 사이에 놓인 가늠하기 어려울 정도의 거리, 그리고 알 수 없는 과거에서 알 수 없는 미래로 천천히 흘러가는 별들의 숙명적인 움직임에 대해 생각을 하였네. 세차 운동$^{++}$으

+ 북반구에서 볼 수 있는 가장 밝은 항성이다.
++ 회전 운동을 하는 물체의 회전축이 외부의 힘에 의해 특정한 부동축을 중심으로 회전하는 현상. 지구의 자전축 역시 태양과 달의 인력 때문에 반시계 방향으로 일정한 궤도를 따라 움직인다. 회전 주기는 약 25,800년으로, 이에 따라 천구의 북극의 위치 역시 바뀌게 된다.

로 인해 지구의 자전축이 움직이며 그리는 커다란 원에 대해서도 생각했지. 내가 이렇게 먼 미래까지 왔어도 자전축은 아직 마흔 번밖에는 궤도를 돌지 않았을 거야. 그리고 고작 몇 번 도는 동안에, 인간의 모든 활동과 전통, 복잡한 사회 구조, 국가, 언어, 문학, 열망, 그리고 내가 알고 있던 인간의 모습마저도, 그 모든 것이 깡그리 사라져 버리고 만 거지. 그 자리에는 자신의 고귀한 혈통마저 잊어버린 이 연약한 생명체와 두려움을 불러일으키는 그 희끄무레한 짐승만이 남게 된 거고. 그리고 나는 두 종족 사이에 존재하는 거대한 공포를 떠올리고는, 처음으로 내가 본 고기가 무엇인지를 명확하게 깨닫게 되었지. 순간 등골이 오싹했다네. 너무 끔찍한 일이었지! 나는 옆에 잠들어 있는 작은 위나를 바라보았네. 그녀의 하얀 얼굴은 별빛 아래의 별과도 같았지. 나는 그 생각을 지우려 했다네.

그 긴긴밤 동안 나는 될 수 있는 한 몰록 생각은 하지 않으리 했다네. 대신 새로 무리를 지은 별들 속에서 옛적 별자리의 흔적을 찾아보며 시간을 보냈지. 가끔 옅은 구름이 떠갈 뿐, 하늘은 매우 맑았다네. 분명 가끔 졸기도 했겠지. 그렇게 밤을 새우고 있노라니 이윽고 동녘 하늘이 색깔 없는 불빛을 반사하듯 희미하게 밝아 오기 시작했네. 그리고 그믐달이 떠올랐네. 끝이 뾰족하고 가늘고 하얀색이었어. 그리고 바로 그 뒤를 따라, 새벽이 찾아와 곧 달을 따라잡고 그 너머로 번져 가기 시작했네. 처음에는 희미했지만 곧 따뜻한 분홍색으로 달아오르기 시작했어. 우리에게 접근하는 몰록은 없었네. 그날 밤 언덕 위에서는 몰록을 단 하나도 찾아 보지 못했지. 새로 날이 밝았다는 확신이 들자, 전날 밤의 내 공포가 거의 근거 없는 것으로 여겨질 지경이더군. 자리에서 일어나 보니 굽이 떨어져 나간 쪽 발목이 퉁퉁 붓고 발뒤꿈치가 쓰라리다는 사실을 알게 되었네. 나는 다시 자리에 앉아 신발을 벗은 후 멀리 던져 버렸네.

나는 위나를 깨워서 숲으로 내려갔네. 이제는 어둡고 음침한 숲이 아니라 녹색의 즐거운 숲이 되어 있었네. 그곳에서 과일을 찾아서 요기를 하기도 했지. 얼마 지나지 않아 다른 작은 종족들을 만났네. 그들은 마치 밤이란 것이 존재하지도 않는 양 햇살 속에서 웃으며 춤추고 있더군. 나는 다시 한번 내가 보았던 고기를 떠올렸네. 이제는 그 고기의 정체를 거의 확신할 수 있었고, 위대한 인류라는 강물이 마른 후 마지막 남은 작은 개울과도 같은 이 연약한 종족을 동정하는 마음이 마음속 깊은 곳에서부터 솟아났다네. 분명 인류가 쇠락하고 난 후 어느 시점에선가 몰록의 식량이 부족해진 거야. 아마도 쥐나 그런 작은 짐승을 잡아먹고 살았겠지. 현재의 인류도 먹이를 선택하는 데 있어 과거에 비해 덜 배타적이지 않은가. 원숭이와 비교하면 말할 것도 없지. 인간이 다른 인간의 고기에 대해 느끼는 편견은 깊이 뿌리박힌 본능은 아니었던 게야. 그래서 이 비인간적인 인류의 후손들은! 나는 과학자의 눈으로 상황을 판단하려 노력했다네. 어쨌든 그들은 삼사천 년 전에 살던 우리의 식인종 조상들보다 덜 인간적이며, 더 멀리 떨어진 생물들이 아니겠나. 그리고 이런 상황을 고통으로 받아들이게 했을 만한 지성은 사라진 지 오래였지. 대체 고뇌할 필요가 왜 있겠나? 엘로이들은 그저 살찐 소일 뿐이고, 개미와 같은 몰록은 그들을 보호하고 잡아먹을 뿐인데. 아마 번식도 시키겠지! 그런데 내 옆에는 춤을 추고 있는 위나가 있지 않나!

덮쳐 오는 공포로부터 스스로를 지키기 위해서, 나는 이 모든 것이 인간의 이기심에 대한 엄한 징벌로 간주해 보려 했다네. 인류는 기꺼이 동료 인간의 노동에 의지해서 편하고 즐거운 삶을 누리는 길을 택했고, '필요'를 그에 대한 변명이자 표어로 삼았네. 그리고 이제 '필요'가 그에게 되돌아온 것이지. 칼라일†과 같은 태도로 썩어 빠진 귀족들을 경멸해 보려고 시도하기조차 했다네. 그러나 그런 태도를 가지는 것은 불가능했어. 그들이 아무리 지적으로 쇠퇴한 존재들이라 하더라도, 엘로이에게는 인간의 흔적이 너무도 많이 남아 있어 내 동정심을 불러일으킬 수밖에 없었다네. 그리고 그들의 쇠퇴와 커다란 공포의 감정을 공유할 수밖에 없었지.

이때에는 앞으로 어떤 식으로 움직여야 할지에 대해 아주 막연

---

† 토머스 칼라일(1795~1881). 스코틀랜드 출신의 사상가, 역사가, 풍자 작가. 종교와 구체제를 경멸하고 혁명, 영웅, 개인주의를 숭상하는 낭만적이고 비관적인 글을 통해 당대에 큰 영향을 끼쳤다.

한 생각밖에는 가지고 있지 않았다네. 일단 어딘가 안전한 은신처를 확보하고, 내가 구할 수 있는 금속이나 돌조각으로 무기를 만들 생각이었지. 이건 당장 필요한 일이었네. 그다음으로는 불을 피울 방법을 마련할 생각이었네. 손에 횃불을 들고 있으면 몰록에 대해 어느 무엇보다 효과적인 무기가 될 것이라는 사실을 알고 있었으니까. 그리고 나는 스핑크스 대좌의 청동 문을 부술 수 있는 장치를 마련하고 싶었다네. 일종의 파쇄추 같은 것을 마음속에 그리고 있었지. 이 문 안으로 불을 가지고 들어가면, 내 앞에 타임머신이 놓인 것을 발견하고 도망칠 수 있을 거라 생각하고 있었거든. 몰록이 그 기계를 멀리 운반할 수 있을 정도로 강하다고는 생각할 수 없었네. 위나는 우리 시대로 데리고 가기로 마음먹었지. 이런 계획을 꾸미고 이런저런 생각을 하면서, 나는 우리의 거처로 적합하리라 생각한 건물을 향해 나아가기 시작했네.

08

위나

청자 궁전에 도착한 것은 거의 정오가 다 되어서였네. 텅 빈 채 폐허가 되어 가고 있는 건물이었지. 창문에는 깨지고 남은 유리 조각만 붙어 있고, 금속 골재가 삭아서 녹색의 외벽이 떨어져 나와 있더군. 궁전은 아주 높은 풀밭의 내리막에 위치해 있었네. 들어가기 전에 북동쪽을 보니 넓은 강어귀, 아니 만이라고 불러도 될 것만 같은 지형이 보여 깜짝 놀랐네. 내 생각에는 원즈워스나 배터시$^+$가 있던 장소 같더군. 그러자 바다 생물들에게는 무슨 일이 벌어졌는지, 또는 무슨 일이 벌어지고 있을까에 생각이 미쳤지만, 그리 깊게 생각하지는 않기로 했다네.

조사해 본 결과 궁전은 실제로 자기로 만들어져 있었다네. 표면

+ 리치먼드 동쪽, 윔블던 북동쪽에 위치해 있는, 템스강 남쪽 변에 위치한 소도시들.

에는 알 수 없는 글자가 새겨져 있었지. 한심하게도 나는 위나가 이 글자를 해독하는 일을 도와줄 수 있으리라 생각했지만, 글씨를 쓴 다는 개념을 그녀의 머릿속에 집어넣는 일 자체가 불가능하다는 사실을 깨달았네. 위나는 언제나 내게 실제보다 더 인간에 가깝게 보였어. 아마도 그녀의 애정이 너무도 인간적이었기 때문이겠지.

커다란 문짝은 부서진 채 열려 있었네. 안으로 들어가 보니 현관 대신 창문이 양쪽으로 죽 늘어선 긴 복도가 보이더군. 내 첫인상은 박물관 같다는 것이었네. 타일이 깔린 바닥에는 먼지가 두껍게 덮여 있었고, 죽 늘어서 있는 온갖 물건들 역시 똑같은 회색 덮개에 싸여 있었네. 그때 홀 가운데에 어딘지 묘하게 서 있는 비쩍 마른 무언가 가 눈에 들어왔네. 거대한 골격의 하반신으로 보이더군. 경사진 발의 모양을 보니 메가테리움✝과 같은 멸종된 동물이라는 것을 알 수 있 었네. 두개골과 상반신의 골격은 그 옆에 먼지가 덮인 채로 널브러져 있었고, 지붕이 샌 곳에서 떨어진 물의 침식으로 인해 닳아 있는 부분 도 보였다네. 전시실 안쪽으로 더 들어가자 브론토사우루스✝✝의 집

✝ 플라이스토세에 중남미 대륙에 서식한 고대의 육상 나무늘보. 몸길이 6미터에 몸무게 4톤 정
도였을 것으로 추측된다. 1796년 퀴비에가 명명한 유명한 고대 생물로, '거대한 짐승'이라는
이름에서도 알 수 있듯이 빅토리아 시대에는 고대의 거대 포유류 하면 떠오르는 대표 종이었
다.
✝✝ 용각류의 대표종. 쥐라기에 북미 대륙에 서식했다. 긴 목과 긴 꼬리를 가지고 있는 네 발 공룡
으로, 몸길이 23미터에 몸무게 16톤 정도였을 것으로 추측된다. 1877년에 발견되었으며, 역시
거대 공룡 하면 떠오르는 대표 종으로 유명했다.

채만 한 골격이 보였네. 내 박물관 가설이 입증된 게지. 한쪽 옆에 기울어져 있는 선반 비슷한 것이 있었는데, 두꺼운 먼지를 털어 내고 나자 우리 시대의 친숙한 유리 진열장을 발견할 수 있었다네. 하지만 그 내용물이 온전하게 보존되어 있는 것을 보니 아마도 공기가 통하지 않도록 밀봉되어 있었던 모양이야.

분명 우리는 후대의 사우스 켄싱턴†††과 같은 곳의 폐허에 있었던 걸세! 이쪽은 고생물학 계통의 전시실이었을 테고, 아주 훌륭한 화석 전시물이 가득했을 테지. 피할 수 없는 부패 과정이 오랫동안 지연되어 왔고, 박테리아나 균류가 멸종했기 때문에 부패의 힘도 99퍼센트는 줄어들었겠지만, 그래도 이곳의 보물들 역시 극도로 느리게, 하지만 극도로 확실하게 다시 부패의 과정을 겪기 시작한 모양이었네. 이곳저곳에서 희귀한 화석을 부수거나 갈대 줄기에 꿰어 놓은 모습이 보이기도 했는데, 작은 송속이 남긴 흔석으로 보였네. 가끔은 통째로 진열장을 들어내 간 흔적도 있었네. 몰록들의 짓이었겠지. 이곳은 매우 고요했네. 두껍게 깔린 먼지 때문에 우리 자신의 발자국 소리도 들리지 않았지. 내가 주변을 둘러보자, 진열장의 기울어진 유리문에다 성게를 굴리며 놀고 있던 위나는 즉

---

††† 런던의 켄싱턴 앤 첼시 구역에 있는 지역 명칭. 1851년 런던 박람회 이후 개발되어 박물관과 공연 문화 지역이 되었다. 당시에도 이미 예전부터 있던 대영 자연사 박물관을 비롯해 사우스 켄싱턴 박물관, 로열 앨버트 홀 등이 위치해 있었다.

시 내 옆으로 다가와서 조용히 손을 잡고 섰다네.

　처음에는 지성이 남아 있던 고대의 기념물이라 할 만한 이 건물에 워낙 놀랐기 때문에, 그로 인해 생겨난 가능성에 대해서까지는 생각이 미치지 못했네. 심지어는 타임머신에 대한 걱정마저도 조금 뒤로 밀려난 느낌이었지.

　이 장소의 크기에서 미루어 보건대, 청자 궁전 안에는 단순히 고생물학 전시실 외에도 여러 가지가 있을 법해 보였네. 아마 역사 전시실도 있겠지. 어쩌면 도서관이 있을 수도 있어! 그 쪽이 내게 있어서는, 적어도 그때 내가 처해 있던 시점에서는, 부패해 가는 옛 지질학 전시물보다도 훨씬 흥미로운 것이었네. 탐험을 계속해 나가자 첫 번째 전시실과 직각으로 놓여 있는 작은 전시실 하나를 발견했네. 광물을 전시해 놓은 곳이었는데, 유황 덩어리를 보니 화약에 생각이 미치더군. 하지만 초석은 보이지 않았네. 질산화물도 전혀 보이지 않았어. 오래전에 용해되어 없어진 것이겠지. 하지만 그 유황은 내 머릿속에 남아 있으면서 또 다른 생각들을 불러 일으켰다네. 그 전시실에 있던 다른 전시물들로 말하자면, 전반적으로 보아 지금까지 본 것들 중 가장 잘 보존되어 있기는 했지만, 그다지 내 관심을 끌지는 못했다네. 내가 광물학 전문가도 아니지 않나. 나는 처음 들어온 홀과 평행하게 놓인, 아주 많이 훼손된 통로로 들어섰네. 이쪽은 자연사 쪽 전시실인 듯했지만, 모든 전시물이 이미 알아볼 수 없을 정도로 망가져 있었지. 한때 박제된 동물이었던 것들이 쪼그라든 검은 흔적으로만 남아 있고, 한때 알코올이 들어 있었던 단지에는 바짝 마른 미라만 들어 있고, 식물 표본은 갈색 먼지가 되어 있었네. 그게 전부였어! 정말로 유감이었다네. 자연의 움직이는 자손들을 정복할 수 있게 해 준 끈질긴 재조정 과정을 관찰할 수 있었다면 정말로 기뻤을 테니까. 그리고 우리는 그저 크기만 하고 조명 상태가 좋지 않은 전시실로 들어갔네. 바닥은 내가 들어선 쪽에서 반대쪽을 향해 살짝 경사가 져 있더군. 간격을 두고 흰색 구체가 천장에 매달려 있는 것이 보였네. 몇 개는 금이 가거나 부서져 있기도 했지. 그것을 보니 이 장소에는 인공조명이 있었을 것이 분명하다는 생각이 들더군. 어쨌든 이곳은 내 구미에 더 맞는 장소였네. 양쪽으로 육중한 기계들이 늘어서 있는 모습이 보였거든. 모두 상당히 부식되어 있었고 상당수가 파손이 심했지만, 일부는 서의 원래 모습을 유지하고 있었네. 자네들도 내가 기계 장치에 푹 빠져 있다는 것을 알고 있겠지. 나는 그곳에서 좀 더 머무를 생각이었다네. 그 기계들이 대부분 내게는 수수께끼일 뿐이고, 어떤 용도로 사용되었는지 어림잡아 추측할 수밖에 없기 때문에 더욱 그랬지. 그 수수께끼를 풀어서 몰록에게 맞설 때 사용할 수 있는 힘을 손에 넣을 수 있을지도 모른다는 상상도 했다네.

갑자기 위나가 내 옆으로 찰싹 붙었네. 너무 갑자기여서 나도 깜짝 놀랐지. 그녀가 아니었다면 그 전시실 바닥이 기울어 있다는 것도 눈치채지 못했을지도 몰라.[+] 내가 들어온 쪽 바닥은 지표에서 꽤 높이 올라와 있었는데, 가끔가다 있는 길게 패인 홈 같은 창문으로 햇볕이 들어오는 것이 전부더군. 전시실을 따라 계속 내려가면 지표가 상승하며 이 창문들을 막기 시작해서, 마침내는 런던의 주택 앞에 있는 그 '영역' 같은 곳이 되어서, 창문 위쪽 끝으로만 가늘게 햇빛이 들어오는 모양이었네. 나는 천천히 전시실을 따라 내려가며 기계에 대해 궁리하고 있었고, 너무 그 생각에 집중한 나머지 빛이 점점 적어지고 있다는 사실도 눈치채지 못한 거야. 위나가 갈수록 불안해하다가 마침내 내 주의를 끌게 되기까지 말이지. 그제야 나는 이 전시실이 짙은 어둠 속으로 뻗어 있다는 사실을 알게 되었다네. 나는 잠시 머뭇거렸지. 그리고 주변을 둘러보자, 이 주변의 먼지가 훨씬 얇게 깔려 있다는 것과 그 먼지가 깔린 모양이 고르지 않다는 것을 깨닫게 되었네. 희미한 어둠 저 멀리에는 작고 보폭이 좁은 발자국이 먼지 위로 나 있는 모양도 보였어. 그것을 보니 몰록이 가까운 곳에 있다는 생각이 다시 떠올랐네. 이렇게 기계에 대한 학문적 조사를 하고 있는 것이 시간 낭비라는 느낌이 들었어. 이미 오후 늦은 시간이 되었는데도 나는 무기도, 은신처도, 불을 피울 방

[+] 물론 바닥에 경사가 있는 것이 아니라, 건물이 언덕 비탈을 파고드는 형태로 세워져 있었을 수도 있을 것이다. —편집자 원주

법도 얻지 못한 상태라는 사실을 깨달았네. 그리고 전시실 건너편 멀리 떨어진 어둠 속에서, 우물 아래에서 들었던 기묘한 소음과 불쾌한 말소리가 들리기 시작했네.

나는 위나의 손을 잡았네. 그리고 순간 한 가지 생각이 떠올랐지. 나는 그녀를 놔두고 신호소에 있는 것과 비슷한 레버가 달린 기계 쪽으로 돌아섰네. 그러고는 발판 위로 올라가서 레버를 양손으로 잡고 몸무게를 실어 한쪽으로 누르기 시작했네. 혼자 복도 가운데에 남은 위나는 갑자기 낑낑대기 시작했지. 그 레버의 강도를 제법 정확하게 예측한 모양인지, 일 분 정도 그렇게 힘을 가하고 있으니 뚝 부러지더군. 그래서 나는 한 손에 곤봉을 든 채로 다시 그녀와 합류했다네. 그 정도면 몰록을 만나는 족족 두개골을 부수어 버리기에 충분할 것 같더군. 그리고 나는 몰록을 정말로 죽이고 싶었다네. 우리들의 후손을 죽이는 일이니, 자네들은 매우 비인도적인 일이라 생각할지도 모르지! 하지만 그 짐승들에게서 인간성을 느끼는 일은 불가능했다네. 하지만 위나를 뒤에 남기고 가고 싶지도 않았고, 내가 살해 욕구를 채우기 시작하면 타임머신에 해코지를 할지도 모른다는 생각이 들어서, 복도를 달려 내려가 방금 소리를 낸 놈들을 죽이고 싶다는 욕망을 참을 수 있었다네.

자, 그래서 한 손에는 곤봉을 들고 다른 손에는 위나의 손을 잡은 채로, 나는 그 전시실을 나가 더 커다란 전시실로 들어갔다네. 첫

인상은 너덜너덜해진 깃발이 걸려 있는 군대 예배당 같더군. 갈색으로 그을린 누더기가 옆으로 걸려 있었는데, 나는 즉시 그것이 부패해 가는 책의 흔적이라는 사실을 깨달았다네. 이미 파손된 지도 오랜 시간이 지났고, 글자 비슷한 것도 남아 있지 않았다네. 그러나 여기저기 흩어져 있는 뒤틀린 판지와 부서진 모양새를 보면 책이라는 것은 분명했지. 내가 문필에 조예가 깊은 사람이었다면 모든 야망이 헛될 뿐이라는 고찰을 시작했을지도 모르지. 하지만 그렇지 않은 내게 있어 가장 먼저 든 생각은 이렇게 막대한 양의 썩어 가는 종이들이 증명해 주는 엄청난 노동의 낭비였다네. 고백하자면, 그때 내가 생각하고 있던 것은 「철학 회보」[＋]와 내 열일곱 편의 광학 논문이었다네.

넓은 계단을 따라 올라가자, 한때 기술 화학 전시실이었던 듯한 곳으로 이어졌네. 여기서는 제법 쓸모 있는 것을 발견할 수 있을 것이라 희망을 품었다네. 한쪽 지붕이 무너진 곳을 제외하면, 이 전시실은 제법 잘 보존되어 있더군. 나는 부서지지 않은 전시장을 하나씩 자세히 둘러보았네. 그리고 마침내 밀봉이 잘되어 있는 전시장 하나에서 성냥 한 갑을 발견할 수 있었네. 신나서 사용해 보았더니

＋ 「Philosophical Transactions of the Royal Society」 여기서 철학이란 자연 철학, 즉 과학을 말한다. 런던의 왕립 학회에서 발간하는 학회지로, 1665년에 처음 모습을 보인 세계에서 가장 오래된 학술지이다. 뉴턴, 맥스웰, 패러데이, 다윈 등 저명한 과학자들이 이 학술지에 논문을 발표했다.

불이 잘 붙더군. 습기도 차 있지 않았어. 나는 위나를 돌아보고 그녀의 언어로 말했지.

'춤추자.'

이제는 우리가 두려워하는 끔찍한 짐승들에 대적할 수 있는 무기가 생긴 것 아니겠나. 그리고 그 버려진 박물관에서, 양탄자처럼 두껍게 쌓인 부드러운 먼지를 밟으며, 나는 「랜드 오브 릴」[++]을 최대한 흥겹게 휘파람으로 불면서 복합 댄스를 시연해 보였다네. 위나가 아주 좋아하더군. 정숙한 캉캉에서 스텝 댄스, 스커트 댄스(내 연미복이 허락하는 한도 내에서), 그리고 내 즉흥 춤 동작까지 전부 섞어 넣었지. 자네들도 알겠지만, 내가 워낙 창의적인 사람 아닌가.

그 성냥갑이 셀 수 없을 정도로 오랜 세월을 살아남았다는 사실이야말로 정말로 묘한 일이자, 내게는 더할 나위 없는 행운이었다는 생각이 든다네. 그런데 훨씬 더 남아 있지 않을 법한 물실을 하나 발견했지. 바로 장뇌[+++]였다네. 밀봉된 단지 안에 들어 있었는데, 아마도 우연히 그렇게 완벽하게 밀봉된 것이겠지. 처음에는 파라핀 왁스가 들어 있을 것이라 추측하고 유리를 깼는데, 장뇌 냄새가 코를 확 찌르더군. 모든 것이 부패해 가는 와중에서 이런 휘발성

[++] 「The Land of the Leal」. 스코틀랜드 민요.
[+++] 캠퍼라고도 부른다. 강한 냄새가 나는 희거나 투명한 고체 형태이며, 불에 잘 타기 때문에 무연 화약으로 사용되기도 했다. 약품으로서는 강심제 또는 방충제로도 사용된다.

물질이 우연히 살아남게 된 것이네. 아마도 수천 세기에 걸쳐서 말이야. 수백만 년 전에 죽어 화석이 된 벨렘나이트[+]의 먹물로 그린 세피아 그림을 본 기억이 되살아나더군. 나는 장뇌 단지를 던져 버리려 했지만, 곧 그것이 인화성 물질이며 밝은 불길을 내며 타오른다는 사실을 깨닫고는—실제로 훌륭한 양초 역할을 할 수도 있었지—그 단지를 주머니에 집어넣었네. 하지만 폭발물이나 청동 문을 부술 만한 기구는 발견하지 못했다네. 아직까지는 내가 만든 쇠지레가 지금까지 접한 물건 중 가장 유용한 물건이었지. 하지만 그래도 나는 한껏 고양된 기분으로 그 전시실을 나섰다네.

그날의 긴 오후 동안 있었던 일을 모두 이야기할 수는 없을 듯하군. 그곳을 탐험한 이야기를 순서에 맞춰 하려면 기억해 내려 꽤나 노력을 해야 하거든. 녹슬어 가는 무기 진열대가 있는 긴 전시실이며, 쇠 곤봉 대신 손도끼나 검을 가져갈까 하고 고민하던 것도 기억이 나네. 하지만 둘 다 가지고 움직일 수는 없을 뿐더러, 청동 문을 여는 데는 쇠 곤봉 쪽이 훨씬 나을 것으로 보였지. 대포나 권총, 라이플 따위도 여럿 있었네. 대부분은 녹 덩어리가 되어 버렸지만, 처음 보는 금속으로 만든 몇 정은 아직 쓸만해 보이더군. 하지만 남아 있던 탄환이나 화약은 이미 전부 삭아서 먼지가 되어 버린 듯했네.

[+] 쥐라기에서 백악기에 걸쳐 살았던 오징어와 비슷한 두족류의 일종. 주로 화석화된 부분은 탄산 칼슘으로 구성된 내골격 부분으로, 길쭉한 탄환 모양으로 생겼다.

다른 전시실에는 여러 종류의 우상이 전시되어 있었네. 폴리네시아, 멕시코, 그리스, 페니키아, 내가 생각할 수 있는 지구상 모든 나라의 우상들이 말이야. 나는 저항할 수 없는 충동에 사로잡혀, 특히 내 마음을 사로잡은 남미에서 온 동석 괴물의 코에 내 이름을 적었다네.

저녁이 오자 슬슬 내 호기심도 사라져 갔네. 나는 먼지가 덮이고 조용한, 그리고 때로 무너져 있는 전시실을 쭉 훑으며 지나가기 시작했네. 전시물들은 때로는 녹과 갈색의 부식물로만 남아 있기도 했지만, 더 나은 상태의 것들도 있었지. 그러던 중 한 전시실에 있는 주석 광산의 모형 옆에서, 나는 밀봉된 진열장에 들어 있는 다이너마이트 두 개를 발견했다네! 순전히 우연이었지. 나는 '유레카'라고 외치며 즐겁게 진열장을 깨트렸네. 그러나 순간 의심이 들었지. 나는 잠시 머뭇거렸네. 그리고 한쪽 옆의 소전시실을 골라서 그 물건을 시험해 보기로 했지. 오 분, 십 분, 십오 분을 기다렸지만 폭발이 일어나지 않았을 때는 정말로 내 인생 최고로 실망감을 맛보았다네. 모형 전시품이었던 거야. 그런 것이 여기 있다는 사실에서부터 알아챘어야 하는 건데. 사실 그것이 모형이 아니었다면 나는 즉시 달려가서 스핑크스와 청동 문, 그리고 (나중에 확인한 바이지만) 타임머신을 찾을 기회까지도 단번에 폭발과 함께 날려 버렸을 걸세.

궁전 안의 작은 정원에 도착한 것은 아마도 그다음인 것 같네. 잔디가 깔려 있고 과일나무 세 그루가 있었지. 우리는 그곳에서 휴식을 취하며 기력을 되찾았네. 석양을 보며, 나는 우리 상황을 되짚어 보기 시작했네. 밤이 다가오고 있었지만, 나는 여전히 안전한 은신처를 찾아내지 못한 상태였네. 하지만 이제는 그런 일이 별로 걱정이 되지 않았어. 이제 몰록을 막아 낼 수 있는 가장 좋은 수단, 즉 성냥이 내 수중에 있지 않나! 만약 불길이 필요하다면 장뇌도 사용할 수 있었지. 지금 취할 수 있는 가장 좋은 방책은 탁 트인 공간에서 불의 보호를 받으며 밤을 넘기는 것으로 보였네. 아침이 되면 타임머신을 찾으러 갈 수 있겠지. 물론 도구는 내가 만든 쇠 곤봉밖에는 없었네. 하지만 지식이 쌓여 감에 따라 그 청동 문에 대한 내 생각도 바뀌게 되었네. 지금까지는 될 수 있으면 그 문을 강제로 열지 않으려 했지. 무엇보다 그 뒤에 무엇이 있을지 모르니까 말이야. 문이 아주 튼튼해 보이지는 않았으니까, 쇠 곤봉도 그렇게 쓸모없는 도구는 아닐 거라는 느낌이 들었다네.

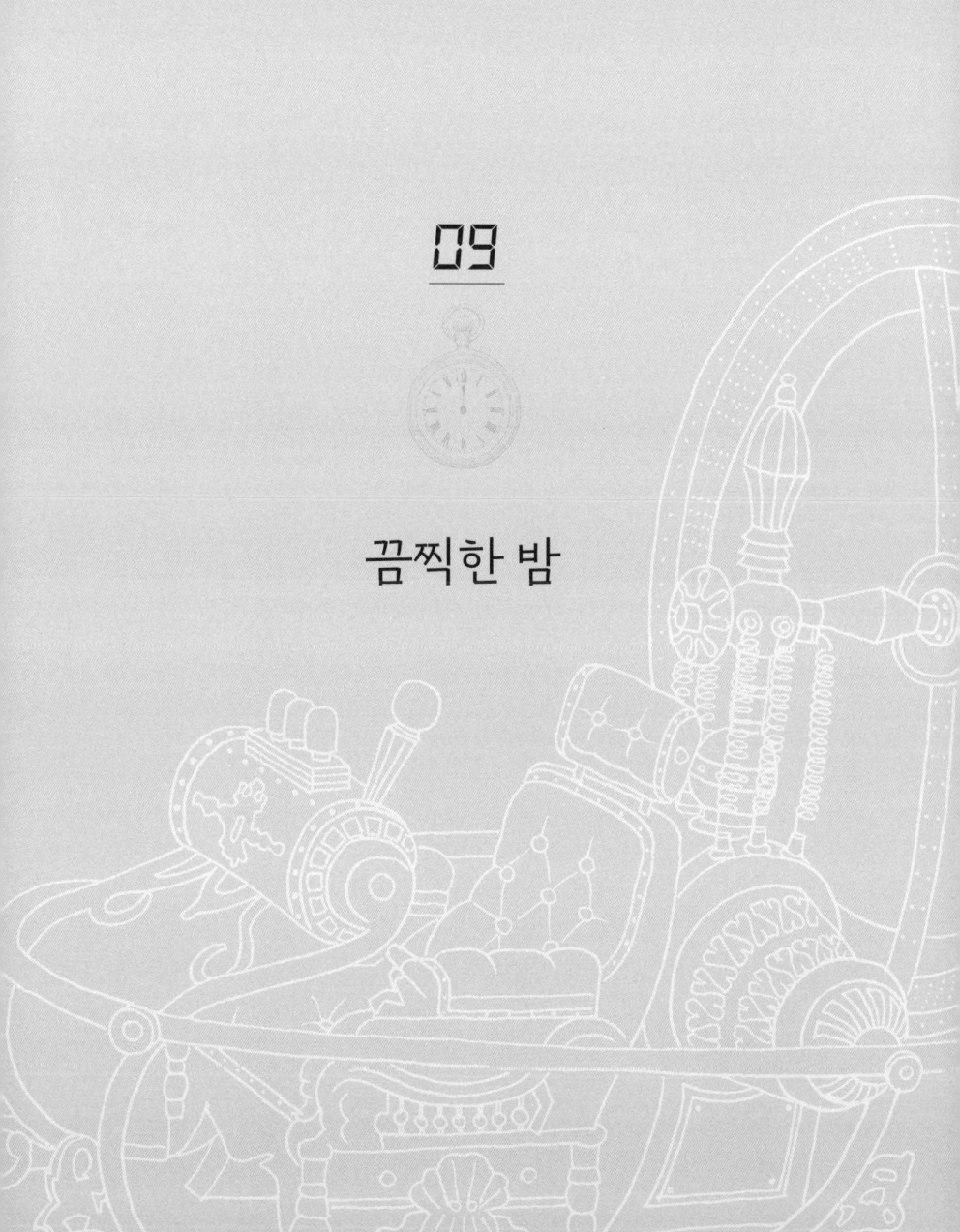

09

끔찍한 밤

우리는 아직 태양이 지평선 위로 모습을 보이고 있는 동안 그곳을 나왔다네. 내일 아침까지는 흰색 스핑크스에 도착하겠다고 결심을 하고 있었고, 완전히 어두워지기 전에 지난번 여정에서 내 발목을 잡았던 숲을 뚫고 지나갈 생각이었지. 내 계획은 그날 밤에 최대한 멀리까지 산 나음에 불을 피우고 그 불길의 보호 아래 잠을 자는 것이었다네. 나는 걸음을 옮기며 나뭇가지나 마른 풀이 보일 때마다 주워 모았고, 얼마 지나지 않아 땔감을 잔뜩 끌어안고 걸음을 옮기게 되었지. 짐이 이렇게 많으니 내 예상보다 속도가 붙지 않을 수밖에 없었고, 위나도 지쳐 있는 상태였다네. 그리고 나 역시 졸음에 시달리기 시작했지. 덕분에 숲에 채 도착하기도 전에 이미 한밤중이 되어 버리고 말았다네. 위나라면 우리 앞의 어둠이 두려워서 숲 가장자리의 수풀이 무성한 언덕에서 멈춰 섰을 거네. 하지만 무언가 큰 재난이 다가오고 있다는 느낌이 들어 나는 숲 안쪽으로 나아갔네. 그 느낌을 경고로 받아들였어야 하는데, 나는 1박 2일 동안 제대로 잠을 이루지 못한 상태였고, 초조하고 짜증이 나 있었다네. 잠이 쏟아지고 있었지. 그와 함께 몰록들도 찾아왔다네.

우리가 망설이는 동안, 우리 뒤편의 어둑한 덤불 속에서, 그림자를 배경으로 세 개의 형체가 웅크리고 있는 것이 보였다네. 주변에 관목과 키가 큰 풀이 가득해서 놈들이 슬금슬금 다가올까 봐 두려워지더군. 내 계산으로는 숲의 크기가 1마일이 채 안 될 듯 했다네. 탁 트인 언덕이 안전한 휴식처가 될 수 있을 것으로 보였지. 우리가 거기까지 가 닿을 수만 있다면 말이야. 성냥과 장뇌만 있으면 안전하게 불을 밝힌 채로 숲을 통과할 수 있을 것 같았네. 하지만 성냥불을 흔들어 대려면 그때까지 모은 땔감을 전부 버려야 할 것이 아닌가. 그래서 나는 머뭇거리며 땔감을 내려놓았네. 그때 거기에 불을 붙여 뒤따라오는 친구들을 놀라게 해 주자는 생각이 떠올랐다네. 얼마 지나지 않아 이것이 얼마나 어리석은 짓이었는지를 깨닫게 되었지만, 그 당시에는 도주로를 확보하기 위한 영리한 계책으로만 생각했다네.

인간이 없는 온대 기후에서 불이라는 것이 얼마나 희귀한 것인지 자네들이 생각해 본 적이 있는지 모르겠군. 태양의 열기는 불을 붙일 만큼 강하지 못하지. 이슬로 인해 초점이 맞춰진다고 해도 말이야. 보다 열대에 가까운 지역에서는 그런 일이 일어난다고 듣기는 했지만 말이네. 번개는 나무를 쪼개고 그슬릴 수는 있지만, 큰 화재를 일으키는 일은 드물다네. 부패하는 식물이 발효 과정에서 나오는 열 때문에 연기를 내는 일은 있지만, 불꽃으로 이어지는 일은 거의 없지. 인류가 쇠퇴기를 맞은 이 미래 시대에는 불을 만드는 기술 역시 지구상에 남아 있지 않았을 거야. 내가 모아들인 나무 더미에서 붉은 불꽃이 혀를 날름대는 광경은 위나에게는 이상하고 새로운 경험이었다네.

위나는 그쪽으로 달려가 놀고 싶어 했다네. 내가 잡아 놓지 않았다면 그녀는 바로 불 속으로 뛰어들었을 거야. 나는 바둥대는 위나를 잡은 다음 내 앞에 세워서 숲속으로 밀어 넣었네. 잠시 동안은 내가 피운 모닥불의 빛으로 길을 갈 수가 있었네. 뒤를 돌아보니 내가 피운 불길이 주변의 덤불로 옮겨 붙고, 불이 선이 언덕의 풀밭을 따라 기어올라 가는 모습이 빽빽한 나뭇가지 사이로 보였다네. 나는 그 광경을 보며 미소 짓고는 앞을 막고 있는 검은 나무들 쪽으로 시선을 돌렸지. 숲은 이제 매우 어두웠고, 위나는 사력을 다해 내게 달라붙고 있었네. 하지만 어둠에 눈이 익숙해지자 나뭇가지를 피할 수 있을 정도의 빛은 남아 있더군. 머리 위는 그저 검은 어둠일 뿐이었지만, 가끔 여기저기 뚫려 있는 틈새로 푸른 하늘이 보이기는 했네. 손이 남아 있지 않았기 때문에 성냥을 켜지는 않았지. 왼손에는 위나를 안고 있었고, 오른손에는 쇠 곤봉을 들고 있었으니까.

　한동안은 발밑에서 나뭇가지가 부러지는 소리, 위쪽에서 산들바람이 불어오는 소리, 내 숨소리와 귓속에서 울리는 심장 박동 소리 밖에는 들리지 않았다네. 그러다 갑자기 주변에서 타닥거리는 소리가 들리는 듯했지. 나는 단호하게 전진했다네. 타닥거리는 소리는 점차 분명해졌고, 곧이어 지하에서 들었던 묘한 소음과 목소리가 들리기 시작했네. 분명 몰록이 여러 마리 있었고, 우리를 향해 포위망을 좁혀 오고 있는 것이었어. 얼마 지나지 않아 내 외투를 잡아당기고 팔을 건드리는 손길이 느껴졌지. 위나는 격렬하게 몸을 떨더니 곧 완전히 굳어 버렸다네.

　성냥을 꺼낼 때가 된 거지. 하지만 성냥을 꺼내려면 그녀를 내려놓아야 했네. 내가 위나를 내려놓고 주머니를 뒤지는 동안, 내 무릎께의 어둠 속에서는 다툼이 시작되었네. 위나는 아무런 소리도 내지 않았고, 몰록들은 아까와 같은 기묘한 구구거리는 소리를 내더군. 작고 부드러운 손이 내 외투와 등으로 기어 올라오고, 심지어는 내 목에 닿기까지 했네. 나는 성냥을 긋고 불을 붙였지. 불타는 성냥을 들고 서 있으니 나무 사이로 도망가는 몰록의 허연 등짝이 보이더군. 나는 서둘러 장뇌 덩어리를 꺼낸 후, 성냥불이 사그라들기 시작하면 불을 붙이려고 대기하고 있었다네. 그러다 내 눈길이 위나에 가 닿았지. 그녀는 내 발을 붙잡은 상태로, 얼굴을 땅에 박고

꼼짝도 하지 않고 있었다네. 갑자기 두려움이 찾아와 나는 그녀를 향해 몸을 굽혔다네. 거의 숨도 쉬지 않고 있는 것 같더군. 나는 장뇌 덩어리에 불을 붙여 바닥에 던졌고, 장뇌는 사방으로 퍼지며 불길을 일으켜 몰록과 그림자를 몰아냈다네. 나는 무릎을 꿇고 앉아 그녀를 들어 올렸지. 등 뒤의 숲속에서는 수많은 몰록이 움직이며 웅성거리고 있는 것 같더군!

위나는 기절한 것 같았네. 위나를 어깨에 올린 채 계속 길을 가기 위해 일어난 순간, 나는 끔찍한 사실을 깨닫게 되었네. 성냥과 위나를 챙겨야 했기 때문에, 나는 여러 번 몸을 돌려야만 했고, 이제는 내가 가야 할 방향이 어느 쪽인지도 알 수 없게 되어 버린 걸세. 잘못하면 청자 궁전 방향으로 돌아가게 될지도 모르지. 식은땀이 흐르더군. 어떻게 할지 빨리 정해야만 했네. 나는 결국 그곳에서 불을 피우고 야영을 하기로 결정했지. 나는 아직도 움직이지 않는 위나를 풀로 덮인 나무줄기 위에 내려놓고는 나뭇가지와 나뭇잎을 모으기 시작했네. 첫 번째 장뇌 덩어리가 거의 다 타들어 가고 있었거든. 숲속 어둠 여기저기에서는 몰록의 눈알이 붉은 보석과 같이 빛나고 있었다네.

장뇌의 불이 깜빡이다 꺼져 버렸네. 성냥을 켜자 위나에게 다가오고 있던 두 개의 하얀 형체가 서둘러 물러나는 것이 보이더군. 한 놈은 빛에 완전히 눈이 멀어 내 쪽으로 곧장 다가오고 있었어. 나는 내 주먹 아래 놈의 뼈가 바스러지는 감촉을 느낄 수 있었지. 당황해서 욱 하는 소리를 지르더니 잠시 비틀대다가 쓰러져 버리더군. 나는 장뇌 한 덩이를 더 꺼내 불을 붙이고는 계속 땔감을 모으기 시작했네. 머리 위의 나뭇잎 중 일부가 상당히 말라 있는 것이 눈에 띄더군. 내가 타임머신을 타고 도착한 이후 거의 일주일 동안 비가 한 방울도 내리지 않았으니 말이야. 나는 주위 나무들 사이를 돌아다니며 떨어진 나뭇가지를 줍는 대신 뛰어올라 가지를 꺾어 내리기 시작했네. 얼마 지나지 않아 생나무와 마른 가지로 연기가 잔뜩 나는 모닥불이 생겨났고, 덕분에 장뇌를 절약할 수 있게 되었네. 그리고 나는 쇠 곤봉 옆에 누워 있는 위나에게 갔다네. 정신이 들게 하려고 모든 일을 다 해 보았지만, 시체처럼 누워 있기만 하더군. 그녀가 숨을 쉬고 있는지조차 확신을 할 수가 없었다네.

그때 모닥불의 연기가 내 쪽으로 흘러오기 시작했고, 그 때문인지 갑자기 머리가 무거워졌네. 뿐만 아니라 장뇌의 증기가 아직 공기 중에 남아 있었지. 모닥불은 한 시간 정도는 땔감을 보충할 필요가 없을 것으로 보였네. 나는 격렬하게 돌아다녔기 때문에 매우 지친 상태였네. 숲속에서도 내가 알아들을 수 없는 중얼거림이 계속 들려오고 있었어. 나는 꾸벅 졸다가 바로 눈을 떴네. 그런데 사방이 캄캄하고, 몰록들이 나를 만지고 있는 것이 아닌가. 나는 달라붙는 놈들의 손을 떨쳐 내고는 서둘러 성냥갑을 찾아 주머니를 뒤졌다네. 그런데 성냥갑이 사라져 버렸지 뭔가! 놈들은 다시 내게 달라붙어 붙잡기 시작했네. 나는 즉시 무슨 일이 벌어졌는지를 깨달았지. 나는 잠이 들었고, 그동안 불은 꺼져 버렸으며, 결국 비통한 죽음이 내 영혼에 드리운 것이었어. 숲은 나무 타는 냄새로 가득했네. 손길이 내 목을, 머리카락을, 팔을 잡고는 나를 자빠트리려 했네. 어둠 속에서 그 말랑한 짐승들이 내 위에 올라타고 있는 느낌은 정말이지 끔찍했어. 마치 괴물 거미의 거미줄에 걸린 듯한 느낌이었지. 결국 제압당해 쓰러지고 말았다네. 작은 이빨이 내 목을 물어 뜯는 느낌이 들었지. 나는 몸을 굴렸고, 그러던 중 내 쇠 곤봉이 손에 잡혔네. 순간 힘이 솟아나더군. 나는 몸을 일으키며 인간 쥐들을 흔들어 떨어트리고, 쇠 곤봉을 짧게 쥐고는 놈들의 얼굴이 있을 법한 방향을 향해 휘두르기 시작했네. 내 공격에 놈들의 얼굴이 터지며 뼈와 살이 떨어져 나가는 것이 느껴졌네. 한순간이나마 다시 몸을 놀릴 수 있게 되었지.

힘든 싸움과 함께 찾아 오기 마련인 기묘한 기운이 나를 감쌌네. 나도 위나도 패배했다는 사실은 알고 있었지만, 몰록들이 공짜로 고기를 손에 넣게 하지는 않겠다고 마음먹었어. 나는 나무에 등을 대고 서서 앞쪽으로 쇠 곤봉을 휘둘렀네. 숲 전체가 놈들이 움직이고 아우성치는 소리로 가득하더군. 잠시 시간이 지나갔네. 놈들의 목소리는 흥분 때문에 갈수록 높아지고 있는 듯했고, 움직임도 더욱 빨라지고 있었네. 그러나 내 공격 범위 안으로 들어오는 놈은 없었어. 나는 어둠 속을 노려보며 서 있었네. 그 순간 갑자기 희망이 찾아왔어. 만약 몰록들이 두려워하고 있다면 어떨까? 그리고 곧이어 이상한 일이 일어나기 시작했네. 어둠이 밝아 오기 시작한 거야. 아주 희미하지만 주변의 몰록들이, 그러니까 얻어맞아 쓰러져 있는 세 마리 몰록들이 보이기 시작했네. 그리고 놀랍게도 다른 몰록들이 달아나는 모습이 보였네. 내 뒤에서 튀어나와 앞쪽의 숲으로 들어가는 몰록들의 물결이 끊임없이 이어지더군. 그리고 놈들의 등은 더 이상 하얀색이 아니라 붉은색으로 보였다네. 내가 입을 떡 벌리고 서 있는 동안, 나뭇가지 사이로 보이는 별이 빛나는 하늘을 배경으로, 불똥 하나가 떠다니다 사라지는 모습이 눈에 들어왔다네. 그것을 본 나는 나무 타는 냄새, 이제 굉음이 되어 가는 졸음을 부르는 중얼거림, 붉은 불빛, 몰록이 달아나는 이유를 모두 이해하게 되었지.

나무에서 등을 떼고 걸어 나와 뒤를 돌아보니, 가까운 나무들의 검은 기둥 사이로 숲이 불타는 모습이 눈에 들어왔네. 처음에 피운 모닥불이 내 뒤를 쫓아온 거야. 나는 위나를 찾아 보았지만, 그녀의 모습은 보이지 않았네. 등 뒤에서 불길이 쉭쉭거리고 타닥거리는 소리, 나무가 불길에 휩싸일 때마다 나는 폭발음 때문에 제대로 생각하고 있을 시간도 없었다네. 나는 쇠 곤봉을 손에 든 채로 몰록들이 간 길을 따라 움직이기 시작했네. 위태로운 경주였어. 한번은 내가 달리는 오른쪽으로 불길이 순식간에 번져 와서 앞을 막으려고 하길래 왼쪽으로 방향을 틀어야 했네. 하지만 마침내 나는 작은 공터로 나올 수 있었네. 내가 그곳에 도착함과 동시에, 몰록 한 놈이 내게 다가오더니 나를 지나쳐 그대로 불 속으로 뛰어드는 모습이 보이더군!

　내 눈앞에는 미래에서 본 광경 중 가장 괴이하고 끔찍한 광경이 펼쳐져 있었네. 불길이 반사되어 주변이 온통 대낮과도 같이 밝았다네. 가운데에는 불에 그슬린 산사나무 덤불로 덮인 작은 언덕이 튀어나와 있었지. 그 너머로 다른 쪽의 불타는 숲이 보였는데, 이미 그쪽에서 다가온 노란 불길이 넘실거리며 그 공간을 불타는 울타리와 같이 완전히 둘러싸고 있었어. 언덕 한쪽으로는 삼사십 마리 정도 되는 몰록들이 빛과 열기에 제정신이 아닌 채로 놀라 자기들끼리 부딪치며 몰려 있더군. 처음에는 놈들이 눈이 멀었다는 사실을 깨닫지 못한 채로, 공포 때문에 광란에 빠져 내게 나오는 놈들을 향해 무턱대고 쇠 곤봉을 휘둘렀네. 한 놈을 죽이고 여럿이 부상을 입었지. 하지만 놈들 중 하나가 붉은 하늘을 배경으로 산사나무 아래를 휘젓고 있는 모습을 보고 신음 소리를 들은 후, 나는 놈들이 빛 때문에 완전히 무력해져 있고 고통 받고 있다는 것을 확신하고는 더 이상 공격을 하지 않았다네.

　그래도 가끔씩 공포에 질려 떨리는 목소리를 내며 내 쪽으로 다가오는 놈들이 있었는데, 그럴 때면 그냥 재빨리 피하는 쪽을 택했지. 한번은 불길이 살짝 잦아들어서, 놈들이 곧 나를 볼 수 있게 되지 않을까 두려워지기도 했다네. 심지어는 그런 일이 벌어지기 전에 몇 놈 죽이면서 싸움을 시작할까 하는 생각도 했어. 하지만 불길이 다시 밝게 타오르는 바람에 손을 멈추었지. 나는 놈들에게 부딪치지 않으려 애쓰며 돌아다니면서 위나의 흔적을 찾아 보았다네. 그러나 위나는 보이지 않았어.

마침내 나는 언덕 꼭대기에 주저앉아 이 기묘한 눈먼 짐승 떼를 바라보았네. 놈들은 더듬거리며 이리저리 돌아다니다가, 불빛이 가 닿을 때마다 서로에게 섬뜩한 소리를 내곤 했지. 연기가 소용돌이치며 솟아올라 하늘을 뒤덮었고, 그 붉은 덮개에 가끔씩 뚫린 구멍을 통해 다른 우주에라도 속한 듯 멀리 떨어져 보이는 작은 별들이 빛나는 모습이 보였네. 몰록 두세 놈이 비틀거리며 내게 다가왔고, 나는 부들부들 떨리는 와중에도 주먹질을 해서 놈들을 쫓아내 버렸다네.

그날 밤 내내 이 모든 것이 악몽이라는 생각밖에 들지 않더군. 깨어나기를 간절히 원하는 마음에서 나 자신을 깨물고 크게 소리를 지르기도 했어. 손으로 땅을 때리다가, 일어났다 다시 앉았다가, 주변을 오락가락하다가 다시 앉곤 했지. 그러다나 눈을 문지르며 쓰러져서 제발 깨어나게 해 달라고 신께 간청을 하기도 했네. 몰록이 고통에 머리를 숙이고는 불길로 뛰어드는 모습도 세 번이나 보았네. 그러나 마침내, 잦아들기 시작하는 붉은 불길 위로, 흘러가는 검은 연기 구름과 희고 검게 변한 나무둥치 위로, 그리고 갈수록 줄어드는 희끄무레한 짐승들 위로, 새벽의 하얀 햇살이 모습을 보이기 시작했다네.

나는 다시 한번 위나의 흔적을 찾아 보았지만, 아무것도 찾을 수 없었지. 놈들이 불쌍한 위나의 시체를 숲속에 놓아두고 온 것이 분명했어. 그래도 그녀의 시신이 피할 수 없는 끔찍한 운명을 비껴갔다고 생각하는 것만으로도 말할 수 없이 안도가 되었다네. 그런 생각을 하다가 주변에 있는 그 무력한 괴물들을 학살하려는 마음이 들 뻔했지만, 간신히 나 자신을 제어할 수 있었다네. 아까 말했던 것과 같이 작은 언덕은 숲속에 떠 있는 섬과 같은 곳이었네. 그 꼭대기에서는 연기 구름 너머의 청자 궁전의 모습을 알아볼 수 있었고, 그를 통해 흰색 스핑크스가 있는 방향도 짐작할 수 있었지. 하늘이 잦아들자, 나는 아직도 어기저기를 돌아다니며 신음하고 있는 이 저수받을 영혼들을 내버려두고 움직이기 시작했네. 풀로 발을 감싼 채로, 나는 절뚝이며 아직 연기가 올라오고 있는 잿더미와 속에 불기가 남아 있는 검은 나뭇가지가 흩어져 있는 벌판을 건너 타임머신이 숨겨져 있는 곳으로 향하기 시작했네. 나는 천천히 걸을 수밖에 없었지. 발을 절기도 했지만 거의 탈진 상태였으니까. 나의 작은 위나가 끔찍한 죽음을 맞이한 것 때문에 정말로 비참한 기분이었다네. 견딜 수 없을 것처럼 느껴졌지. 친숙한 이 방으로 돌아와 있는 지금은, 실제로 일어난 상실이 아니라 꿈속에서 느낀 슬픔 같이 여겨지기는 하네. 하지만 그날 아침에는 끔찍할 정도로 외로 웠지. 여기 나의 집, 이 벽난로 앞, 자네들 중 몇 명이 떠올랐고, 그 런 생각과 함께 고통에 가까울 정도의 그리움이 찾아 왔네.

하지만 활짝 개인 아침 하늘 아래 연기 나는 잿더미 위를 걷던 와 중, 나는 한 가지를 발견했다네. 내 바지주머니 속에 성냥 몇 개비 가 남아 있었던 거야. 잃어버리기 전에 흘러나온 거지.

10

다시 찾은 타임머신

오전 여덟 시나 아홉 시쯤 되었을까. 나는 그곳에 도착한 날 저녁 처음 둘러보았던 바로 그 노란 금속 의자가 있는 곳에 이르렀네. 그날 저녁에 내렸던 성급한 결론을 생각하니 당시의 내가 가졌던 자만심에 쓴웃음을 금할 수가 없더군. 그때와 똑같은 아름다운 풍경, 풍요로운 수풀, 화려한 궁전과 웅장한 폐허, 비옥한 강변을 휘감아 흐르는 은빛 샛불이 보였네. 하려한 색의 옷을 걸친 아름다운 종족이 나무 사이로 여기저기 움직이고 있었지. 내가 위나를 구했던 바로 그 장소에서 몸을 씻는 이들도 보였고, 그 순간 가슴이 미어지는 듯했네. 그리고 이런 풍경 위에 얼룩처럼 지하 세계로 내려가는 통로를 가리는 둥근 지붕들이 보였네. 나는 이제 지상 종족의 아름다움 아래 무엇이 숨겨져 있는지를 알게 되었네. 해가 떠 있는 동안 그들은 무척이나 즐겁겠지. 들판의 소 떼들처럼 말이야. 소들과 마찬가지로 천적이라고는 아무것도 없고, 다른 무엇이 필요하지도 않아. 게다가 종말을 맞이하는 방식도 소들과 같지.

　나는 인류의 지성이라는 꿈이 얼마나 단명했는지를 생각하며 애도했다네. 인류의 지성은 자살한 거야. 인류는 지성을 사용해 안락함과 여유로움을 추구하고, 안전과 지속성을 표어로 내세운 균형 잡힌 사회를 만들기 위해 노력했고, 결국 그 모든 것을 이루고 말았네. 그리하여 마침내 이렇게 되어 버리고 만 거지. 분명 한때는 생명과 재산이 거의 절대적인 안전 상태에 도달했을 걸세. 부유한 이들은 재산과 안락함을 보장받고, 노동자들은 생명과 일자리를 보장받았겠지. 그 완벽한 세계에서는 실업 문제 따위도 없고, 해결할 수 없는 사회 문제가 남아 있지도 않았을 거야. 그래서 위대한 평온이 그 뒤를 따라온 거지.

　지적 융통성이 변화, 위험, 분쟁에 대한 대응 기재라는 자연의 법칙을 우리는 흔히 간과하곤 하지. 환경과 완벽한 조화를 이루는 동물은 그 자체로 완벽한 존재일세. 습성과 본능이 쓸모없어지기 전까지는 자연계에서 지성이 개입할 여지는 없어. 따라서 변화도 없고 변할 필요도 없는 곳에는 지성도 존재하지 않는 것이네. 매우 다양한 필요성과 위험에 직면해야만 하는 동물만이 지성을 가지게 되는 것이지.

　따라서 나는 이렇게 추론했네. 지상의 종족은 연약한 아름다움

쪽으로 흘러갔고, 지하 종족은 그저 기계적인 산업 시설이 되었을 뿐이네. 그러나 이 완벽한 상태는 그 기계적인 완벽함에도 불구하고 한 가지가 부족했네. 바로 절대적 영속성 말이야. 무슨 일이 벌어진 것인지 정확하게는 모르겠지만, 시간이 흐르며 지하 세계의 식량 사정에 문제가 발생한 것이겠지. 몇 천 년 동안 추방당해 있던 필요라는 이름의 어머니가 다시 귀환했고, 지하 세계에서 활동을 시작하게 되었네. 지하 종족들은 계속 기계를 사용하고 있었고, 기계란 아무리 완벽해도 단순 반복을 넘어선 사고 과정을 필요로 하는 법 아닌가. 그러니 지하 종족들은 필연적으로 지상 종족보다 아직 더 많은 창조력이 남아 있었던 걸세. 다른 인간적인 특성은 모두 부족하더라도 말이야. 그리고 다른 육류 공급에 문제가 생기자, 그들은 고대의 풍습이 금하고 있던 수단을 사용하기 시작한 거네. 802701년의 세계에서 내가 마지막으로 목격한 장면이 바로 그것이었던 거지. 이건 그저 인간의 머리로 만들어 낼 수 있는 가장 끔찍한 설명일지도 모르네. 내 생각에는 그랬다는 거고, 나는 생각한 그대로 자네들에게 말해 주고 있을 뿐이네.

지난 며칠 동안의 피로, 흥분, 공포와 내 깊은 슬픔에도 불구하고, 그곳의 평화로운 풍경과 따사로운 햇살은 매우 기분이 좋았다네. 매우 지치고 피곤한 상태였기 때문에, 생각은 얼마 지나지 않아 졸음에 자리를 내주었다네. 나는 곧 풀밭 위에 몸을 쭉 펴고 누워

길고 개운하게 잠을 잤다네.

잠에서 깨어났을 때는 해가 지고 있었네. 몰록에게 공격 받을 염려는 없다는 것을 확신하며, 나는 기지개를 켜고 흰색 스핑크스 쪽을 향해 언덕을 내려가기 시작했네. 한쪽 손에는 쇠 곤봉을 들고, 다른 쪽 손으로는 주머니 속의 성냥을 만지작거리고 있었지.

그리고 그때 전혀 예기치 못한 일이 일어났네. 스핑크스의 대좌에 접근하자 청동으로 만든 판이 열려 있는 것이 보였던 것이네. 홈을 따라 아래로 들어가는 구조로 되어 있더군.

나는 들어가기 전에, 그 앞에 잠시 멈추어 머뭇거렸다네.

그 안에는 작은 공간이 있고, 구석의 단상 위에 타임머신이 있었네. 내 주머니 속에는 작은 조종간들이 들어 있었지. 흰색 스핑크스를 공략하려고 온갖 준비를 다 했는데, 적이 손쉽게 항복해 버린 꼴이지 뭔가. 나는 쇠 곤봉을 던져 버렸네. 그걸 휘두를 기회를 놓치다니 유감스러울 지경이더군.

문으로 들어가려고 허리를 굽히는 순간 한 가지 생각이 떠올랐네. 적어도 이번 한 번만은 나도 몰록들의 생각을 제대로 읽어 낸 거지. 웃음이 터지려는 것을 억누르며, 나는 청동으로 만든 문간을 지나 타임머신으로 다가갔네. 세심하게 기름칠을 하고 닦아 놓은 것을 보고 깜짝 놀랐지. 어쩌면 몰록들이 그 용도를 알아보기 위해 그 기계를 부분적으로 분해했다가 재조립한 것은 아닐까 하는 생각이 아직까지 들곤 한다네.

그저 만지기만 하는 것으로도 기쁨을 느끼며 그렇게 서서 타임 머신을 점검하고 있을 때, 내가 예상했던 일이 일어났다네. 갑자기 청동 판이 올라와 철컹 하는 소리를 내며 닫혀 버린 거지. 어둠 속에 갇혀 버린 거야. 적어도 몰록들은 그렇게 생각했겠지. 나는 그저 즐겁게 웃을 뿐이었다네.

벌써 나를 향해 다가오는 웅얼거리는 웃음소리를 들을 수 있었네. 나는 차분하게 성냥을 그으려 했네. 조종간을 고정시키기만 하면 유령처럼 사라져 버릴 수 있을 테니까. 하지만 내가 간과한 사실이 한 가지 있었다네. 내 손에 들린 성냥은 성냥갑에 대고 그어야만 불이 붙는 그 저주받을 종류의 성냥이었던 걸세.✣

내 차분함이 얼마나 순식간에 증발해 버렸는지 짐작이 가겠지. 자은 야만인들은 이미 기까운 곳에 와 있었네. 한 놈이 나를 선느녔지. 나는 어둠 속에서 놈들을 향해 조종간을 휘두르며 기계의 안장으로 기어오르기 시작했네. 나를 향해 수많은 손들이 덤벼들었네. 나는 그저 조종간을 빼앗으려는 끈질긴 손들과 싸우며, 동시에 조

✣ 흔히 안전성냥이라 불리는 현재의 성냥은 1855년 처음 만들어졌으며, 성냥갑의 마찰면에 적린을 부착하고 성냥골에는 황화 안티모니와 염화 칼륨을 발라 양쪽이 마찰을 일으켜야만 불이 붙게 되어 있다. 그 이전의 성냥은 붉은인 또는 흰인 혼합물을 성냥 머리에 모두 발라 딱딱한 표면 어디든 긋기만 하면 불이 붙는 구조였다. 주인공의 성냥은 애석하게도 안전성냥이었던 모양이다.

종간을 끼울 곳을 더듬어 찾을 뿐이었지. 실제로 조종간 하나는 빼앗길 뻔했다네. 손에서 미끄러져 나가는 것을 느끼고는 그걸 되찾기 위해 어둠 속을 향해 박치기를 할 수밖에 없었네. 몰록의 두개골이 울리는 소리가 들릴 정도였지. 이 최후의 육박전은 숲속에서의 싸움보다도 훨씬 치열했다네.

하지만 마침내 조종간을 전부 끼우고 잡아당길 수 있었네. 달라붙던 손들이 내게서 떨어져 나갔지. 내 눈앞에서 어둠이 사라졌네. 나는 아까 이야기했던 것과 같은 회색의 빛과 진동 속으로 다시 들어오게 되었네.

11

상상할 수 없는 먼 미래

시간여행에 따르는 메스꺼움과 혼란에 대해서는 이미 말했었지. 그런데 이번에는 안장에 똑바로 앉지도 못하고, 불안한 자세로 옆으로 걸터앉은 채였단 말이네. 얼마나 오래인지는 모르겠지만 어디로 가는지 신경도 못 쓰고 사방으로 흔들리고 진동하는 기계에 매달리는 데만 신경 쓰고 있다가, 정신을 차리고 문자판을 본 후 내가 어디에 도착했는지를 알고 깜짝 놀라고 말았지. 문자판 하나는 하루 단위를, 다른 하나는 천 일 단위를, 다른 하나는 백만 일 단위를, 다른 하나는 십억 단위를 기록한다네. 나는 조종간을 원래대로 돌리는 대신 더욱 당겨서 미래로 나아갔고, 문자판을 보니 천 일 단위의 바늘이 회중시계의 초 단위 바늘만큼이나 빠르게 돌고 있었네. 미래로 말이야.

계속 움직이는 동안 주변 사물들에 묘한 변화가 일어나기 시작했네. 주기적으로 박동하는 회색이 점점 더 어두워지기 시작했지. 그러더니 깜빡거리며 찾아오는 낮과 밤의 주기가 다시 점점 더 또렷하게 보이기 시작했다네. 나는 아직 빠른 속도로 움직이고 있었고, 이런 현상은 보통 속도가 줄어들고 있다는 것을 나타내 주는 것인데 말이지. 처음에는 이런 현상 때문에 상당히 당황했다네. 낮밤의 전환은 계속해서 느려졌고, 그에 따라 하늘에 태양이 떠 있는 시간도 길어져만 갔지. 나중에는 몇 백 년 단위가 되는 것 같더군. 결국에는 지속되는 황혼이 세상을 뒤덮었네. 때때로 어두워지는 하늘을 혜성이 가로질러 갈 때를 빼고는 사라지지 않는 어두운 황혼이 말이지. 태양을 나타내는 빛의 띠는 사라진 지 오래였다네. 태양이 더 이상 지지 않았기 때문이지. 서쪽 하늘에 붙박힌 채로 오르락내리락거리기만 했고, 갈수록 더 커지고 더 붉은빛을 띠어 갔다네. 달은 흔적조차 보이지 않았지. 별들이 회전하는 속도도 점차 느려지더니, 결국에는 천천히 움직이는 빛의 점이 되어 버렸네. 붉고 거대해진 태양은 결국 내가 멈추기 조금 전쯤 해서 수평선 위에서 움직이지 않게 되었지. 미약한 열을 내며 빛나는 거대한 돔과 같은 모습이었고, 때때로 빛이 침침해지기도 하더군. 한번은 다시 더 밝은 빛을 내기도 했지만, 얼마 가지 않아 다시 약해져 버렸네. 해가 뜨고 지는 것이 느려진다는 것은 곧 기조력에 의한 고정 작용⁺이 완료되었다는 뜻이겠지. 우리 시대의 달이 언제나 지구에 한쪽 면만을 보이고 있듯이, 지구 역시 태양에 한쪽 면만 향하고 있게 된 걸세. 저번에 거꾸로 떨어진 기억이 남아 있기 때문에, 나는 조심스럽게 반대 방향으로 움직이기 시작했네. 문자판을 도는 바늘들의 속도는 갈수록 느려져서, 마침내 천 단위 바늘이 거의 움직이지 않게 되었고, 회전 때문에 잔상만 보이던 일 단위 바늘도 다시 모습을 드러냈네. 더 속도를 줄이자 황량한 해안의 뿌연 해안선이 눈에 보이기 시작했지.

나는 매우 부드럽게 멈춘 후 타임머신에 앉은 채 주위를 둘러보았네. 하늘은 더 이상 푸른색이 아니었다네. 북동쪽은 칠흑같이 검은색이었고, 그 검은 하늘 밖으로 창백한 흰색의 별들이 깜빡이지도 않은 채 밝게 빛나고 있었네. 머리 바로 위에는 별이 보이지 않는 짙은 적갈색의 하늘이 있었고, 남동쪽으로 갈수록 더 선홍색에 가깝게 밝아지다가, 마침내 수평선과 만나는 곳에 태양이 반쯤 모습을 드러낸 채 누워 있었네. 주변의 바위는 흉측한 붉은빛이었고, 처음 내 눈에 들어온 생명의 흔적이라고는 남동쪽을 향하는 사면을 빽빽이 덮고 있는 짙은 녹색의 식물뿐이었다네. 숲속의 이끼나 동굴 속에 사는 지의류와 마찬가지로, 빛을 충분히 받지 못하는 환경에서 살아가는 식물들의 색깔이었지.

✛ 공전하는 천체가 기조력의 영향을 받아 공전축이 되는 천체에 대해 언제나 한쪽 면만 향하게 되는 현상을 말한다. 대표적인 사례로 언제나 지구에 한쪽 면만을 보이고 있는 달이 있다.

타임머신이 도착한 곳은 비탈진 해변이었다네. 바다는 남서쪽으로 뻗어 있었고, 저 멀리서 창백한 하늘과 수평선을 대고 맞닿아 있었네. 바람이 전혀 불지 않기 때문에 파도도 보이지 않았지. 살짝 기름기 뜬 물이 가볍게 숨 쉬는 것처럼 위아래로 오르락내리락하며, 바다가 아직 살아 움직이고 있다는 증거를 보여 주고 있었네. 그리고 가끔씩 바다가 와서 부딪치는 해변에는 소금 결정이 두껍게 말라붙어 있었네. 타는 듯 붉은 하늘 아래 분홍색으로 보였지. 머리가 어지럽고 호흡이 가빠지는 것이 느껴졌다네. 예전에 등산을 했을 때의 일이 떠올랐고, 나는 대기가 지금보다 더 희박해졌다고 추측해 냈지.

멀리 떨어진 황량한 언덕에서 거센 비명 소리가 들리더니, 거대한 흰색 나비같이 생긴 무언가가 몸을 기울인 채로 날개를 퍼덕이며 하늘로 올라가는 모습이 보였네. 그놈은 허공을 맴돌다가 저 너머의 낮은 언덕 뒤로 날아가 사라져 버렸지. 소리가 너무 끔찍해서 몸을 부르르 떨고는 기계에 더 몸을 꼭 붙이고 앉았다네. 다시 주변을 돌아보자, 아까 붉은색 바위라고 생각했던 것이 꽤나 가까운 곳에서 나를 향해 움직이고 있다는 사실을 알아챘네. 그리고 곧 그놈이 사실 거대한 게라는 사실을 알게 되었지. 여기 있는 탁자만큼 거대한 게가, 다리를 천천히 이곳저곳으로 움직이면서, 거대한 집게발을 흔들고, 마부의 채찍같이 생긴 긴 더듬이를 이리저리 뻗어 더듬거리며, 금속성의 앞면 양쪽에 튀어나온 눈자루 끝에 달린 눈으로 자네를 바라보고 있는 모습을 상상할 수 있겠나? 등짝에는 주름과 돌기가 잔뜩 붙어 있었고, 여기저기에 녹색 더께가 앉아 있었네. 몸을 움직이며 동시에 여러 겹의 입안에서 수많은 촉수가 꿈틀대며 더듬는 모습이 눈에 들어오더군.

이 끔찍한 괴물이 나를 향해 기어오는 모습을 바라보고 있자니, 파리가 앉은 것처럼 뺨이 근질거리는 감각이 느껴졌네. 손으로 털어 버리려 했지만 즉시 다시 돌아왔고, 그와 동시에 다른 하나가 귓가에 앉는 듯했네. 손으로 때렸더니 뭔가 실 같은 것이 잡히더군. 게다가 즉시 내 손아귀에서 빠져나갔지. 나는 공포와 기묘한 느낌에 뒤섞인 상태로 뒤를 돌아보았고, 곧 내가 잡은 것이 바로 내 뒤에 서 있던 다른 괴물 게의 더듬이라는 사실을 알았다네. 눈자루 끝에 달린 기분 나쁜 눈을 꿈틀거리고, 식욕이 가득 어려 있는 입을 우물대며, 조류 같은 점액질로 뒤덮여 있는 무식하게 커다란 집게발이 나를 향해 다가오고 있었네. 나는 즉시 손을 조종간에 올렸고, 이 괴물들과 한 달 간의 거리를 두었다네. 그러나 나는 여전히 같은 해변에 있었고, 기계를 멈추자마자 즉시 놈들의 모습이 다시 또렷하게 보이더군. 몇 십 마리의 괴물들이 침침한 햇빛 속에서 강렬한 녹색의 식물들을 헤치고 기어다니고 있었다네.

세상을 뒤덮고 있던 그 기괴한 황량함은 도저히 말로 옮길 수가 없을 것 같군. 붉은 동쪽 하늘, 북쪽을 뒤덮은 암흑, 염도가 높은 사해死海가 되어 버린 바다, 느릿느릿하게 기어다니는 끔찍한 괴물들로 가득한 바위 해변, 죄다 독을 품고 있을 법한 초록색을 띠고 있는 지의류, 허파를 쑤시게 하는 희박한 공기. 이 모든 것이 한데 모여 끔찍한 풍경을 만들어 내고 있었네. 나는 백 년쯤 더 앞으로 가 보았네. 조금 더 커지고 조금 더 색이 바래기는 했지만 똑같은 태양이 있었고, 똑같은 죽음의 바다, 똑같은 차가운 공기, 똑같은 갑각류 무리가 똑같이 녹색 식물과 붉은색 바위 사이를 기어다니는 모습이 보였지. 그리고 서쪽 하늘에는 거대한 초승달 모양의 희고 굽은 선 하나가 보였네.

나는 천 년 정도마다 한 번씩 멈추어 가며 계속 여행을 하였네. 지구의 운명이라는 수수께끼가 나를 이끌고 있었지. 서쪽 하늘에서 점점 커져 가는 태양과 옛 지구의 생물들이 사라져 가는 모습이 묘하게 눈길을 끌더군. 그렇게 삼천만 년 정도 여행을 하고 나자, 마침내 뜨겁고 붉은 구체가 된 태양이 갈수록 어두워지는 하늘의 십 분의 일 정도를 뒤덮게 되었네. 그리고 나는 다시 한번 멈추었지. 기어다니던 게들이 모습을 감추었고, 붉은 해변에는 짙은 녹색의 이끼와 지의류를 빼고는 생물이라고는 남지 않은 것처럼 보였거든. 해변은 이제 점점이 하얀빛으로 덮여 있었네. 지독하게 춥더군. 가끔씩 하얀 눈송이가 하늘을 맴돌며 내려왔네. 북동쪽으로는 별이 뜬 검은 하늘 아래 시리게 빛나는 눈밭이 보였고, 그 아래 분홍빛이 섞인 흰색을 띠고 있는 굽이치는 언덕 능선이 보였네. 해변을 따라 얼음이 얼고 있었고, 바다 위에도 살얼음이 떠다니고 있었네. 그러나 영원한 낙조 아래 선홍색으로 빛나는 짠물 바다의 대부분은 여전히 얼지 않은 상태였네.

나는 동물종이 남아 있는지 확인하러 주변을 둘러보았네. 말로 옮기기 힘든 불안감 때문에 나는 여전히 기계의 안장 위에 앉아 있었네. 하지만 대지에도 하늘에도 바다에도 움직이는 것은 전혀 보이지 않았네. 바위에 붙은 녹색 점액만이 생물이 아직 완전히 사라지지 않았음을 알려 주고 있었지. 바닷물이 빠진 자리에 작은 모래 둔덕이 생겨나 있는 것이 보였네. 이곳에서 무언가 검은 물체가 뛰어오르는 모습을 본 것 같았지만, 내가 그쪽을 보니 곧 움직임이 사라졌네. 아무래도 그냥 바위일 뿐이고, 눈이 착각을 일으킨 것 같더군. 하늘의 별들은 강렬하게 빛났고, 거의 깜빡이지 않는 듯 보였네.

순간 태양의 서쪽 윤곽이 변한 것을 깨달았네. 그 둥근 곡선에 오목하게 들어간 함몰 부분 같은 것이 생겨난 거야. 게다가 내가 보고 있는 동안 계속해서 커지더군. 잠시 동안 깜짝 놀라 슬금슬금 커져 가는 어둠을 지켜보고 있다가, 곧 일식이 일어나고 있다는 사실을 깨달았네. 달이나 수성이 태양을 지나가고 있었던 거지. 당연하게도 처음에는 달일 거라고 생각했지만, 사실은 내행성 중 하나가 지구와 아주 가까운 곳을 지나가는 모습이었다고 생각하는 편이 옳을 것 같더군.

순식간에 사방이 어둠에 휩싸였네. 동쪽에서 냉기를 머금은 돌풍이 불어오더니, 쏟아져 내리는 하얀 눈송이도 수가 늘어났지. 바다의 경계 부근에서는 물결 이는 소리가 들렸네. 이런 생명 없는 소리들을 빼고는 세상은 고요했다네. 고요라? 이런 단어로 그 정적을 담아 낼 수는 없을 걸세. 인간의 소리, 양 울음소리, 새 지저귀는 소리, 곤충의 날갯짓 소리, 우리 삶의 배경 음악이 되는 이런 잡음이 모두 사라져 버린 상태였단 말이네. 어둠이 더 짙어지고 눈은 갈수록 더 많이 내리며 내 눈앞에서 춤추기 시작했네. 추위도 더 심해졌다네. 마침내 멀리 보이는 하얀 언덕 머리가 빠르게 하나둘씩 어둠 속으로 사라지기 시작했네. 바람은 더 강해져 윙윙 불어 대기 시작했지. 일식의 검은 그림자가 내 쪽을 향해 다가오는 것이 보였네. 다음 순간에는 오직 하얗게 빛나는 별들만이 남았네. 다른 모든 것들은 어둠 속으로 스며들어 버렸지. 하늘은 완전히 칠흑같이 검은 색이었다네.

이 거대한 어둠은 내게 공포를 불러일으켰네. 골수까지 울리는 추위와 숨 쉴 때마다 느껴지는 고통이 나를 짓눌렀지. 몸을 떨고 있는데 끔찍한 구역질이 몰려오더군. 그때 하늘에 붉게 타오르는 활과 같은 모양의 태양 가장자리가 모습을 드러냈네. 나는 기계에서 내려 몸을 추스르려 했지. 현기증 때문에 도저히 돌아가는 여행을 견딜 수 없을 것 같았거든. 그곳에서 고통과 혼란에서 벗어나지 못한 상태로 서 있는데, 다시 모래톱에서 붉은 바다를 배경으로 뭔가가 움직이는 모습이 보였네. 이제 움직이는 것이 있다는 사실은 의심할 여지가 없었지. 작고 둥근 놈으로, 축구공 크기 정도, 아니 더 컸던 것도 같은데, 몸 아래 쪽에서 촉수가 자라나 있더군. 핏빛 바다를 배경으로 보아 검은색이었고, 가끔씩 펄쩍펄쩍 뛰면서 돌아다니고 있었네. 나는 거의 실신하기 직전이었네. 하지만 이 적막하고 끔찍한 황혼의 세계에 무력하게 누워 있게 되는 일에 대한 공포, 바로 그 공포가 내 몸을 지탱해 간신히 안장 위로 기어오를 수 있도록 해 주었다네.

12

현재 세계로 돌아오다

그렇게 나는 돌아왔네. 한참 동안 기계 위에서 정신을 잃고 있었던 모양이야. 다시 밤과 낮이 번갈아 깜빡이기 시작했고, 태양은 금빛을, 하늘은 푸른빛을 되찾았네. 나는 좀 더 자유롭게 숨을 쉴 수 있게 되었지. 대지의 모습은 계속해서 바뀌었네. 문자판 위의 바늘은 거꾸로 돌아갔지. 마침내 퇴폐기에 들어선 인류의 흔적인 집들의 희미한 형상이 나타나기 시작했네. 그것들 역시 모습을 바꾸고는 사라지고, 곧 다른 것들이 나타났지. 백만 단위 문자판의 바늘이 0을 가리키자, 나는 천천히 속도를 줄였네. 보잘 것 없지만 친숙한 우리 시대의 건축물을 알아볼 수 있게 되고, 천 단위 바늘이 시작점으로 돌아갔고, 밤과 낮이 갈수록 느리게 바뀌기 시작했네. 그리고는 친숙한 연구실 벽이 사방을 감싸게 되었지. 이제 아주 천천히 기계의 속도를 늦추기 시작했네.

한 가지 기묘하게 보이는 일이 있었다네. 내가 출발할 때 이야기했던 것 같은데, 속도가 아주 빨라지기 전에 워쳇 부인이 로켓과 같은 속도로 방을 가로질러 움직였다고 한 적 있지 않나. 돌아오는 과정에 그녀가 내 연구실을 지나간 바로 그 순간도 통과했다네. 그러나 이번에는 그녀의 모든 동작이 지난번과는 완전히 반대로 보였지. 반대쪽 끝에 있는 문이 열리더니, 거의 등만 보인 채 조용히 미끄러지듯 방 안을 움직여서는, 저번에 들어왔던 문을 열고 사라져 버린 거지. 바로 그 전에 힐리어를 잠깐 본 것 같았지만, 그는 너무 빠르게 지나가 버렸다네.

　그리고 나는 기계를 멈추고 주변의 익숙한 광경을 돌아보았네. 내 연구실과 기자재들은 떠났을 때와 똑같은 모습으로 놓여 있었네. 나는 비틀거리며 기계에서 내려와서 작업대 위에 걸터앉았네. 몇 분 동안은 격렬하게 떨고 있었지. 그리고 나니 조금 진정되더군. 나는 예전과 마찬가지로 여전히 내 작업실 안에 있었어. 어쩌면 이곳에서 잠들어서 이 모든 것들을 꿈꾼 것일지도 모르지.

　하지만 분명 그건 아니었네! 기계가 출발한 것은 연구실의 남동쪽 모퉁이였어. 돌아온 위치는 북서쪽 모퉁이로, 자네들이 보았던 그 위치에서 벽을 마주하고 있었단 말이네. 그 거리는 바로 내 작은 잔디밭에서 흰색 스핑크스의 대좌까지의 거리와 정확히 같았단 말이네. 몰록들이 내 기계를 옮긴 곳 말이야.

잠시 동안 머리가 잘 돌아가지 않더군. 나는 즉각 자리에서 일어나 복도를 가로질러, 발뒤꿈치가 아파 절뚝거리며 엉망이 된 꼴로 여기까지 온 거네. 문 옆의 탁자에「팰 몰 가제트」[+]지가 놓여 있더군. 날짜가 분명 오늘인 것을 확인한 후에 시계를 보니 거의 여덟 시가 다 되어 있었네. 자네들의 목소리와 식기가 절그렁거리는 소리도 들렸지. 거기서 잠시 망설이기는 했다네. 몸도 불편하고 기력도 없는 상태였으니까. 그러다가 고기 냄새에 이끌려 문을 열게 된 거네. 그 이후 이야기는 자네들도 알겠지. 나는 씻고 식사를 한 다음, 자네들에게 이 이야기를 해 주고 있는 거네."

그는 잠시 멈췄다가 다시 입을 열었다.

"자네들이 듣기에는 전부 믿을 수 없는 소리겠지만, 내게 있어 믿을 수 없는 사실은 오늘 밤 내가 여기 이 친숙한 방에 앉아 친숙한 사람들을 보며, 자네들에게 이런 기묘한 모험 이야기를 해 주고 있는 것이라네."

그리고 그는 의사를 돌아보았다.

"자네들이 믿기를 기대하는 것은 아니네. 거짓말이나 예언 정도로 받아들이게나. 내가 작업장에서 꿈을 꾸었다고 하지. 우리 종족

✢ 1865년부터 1923년까지 발간된 영국의 석간신문. 팰 몰은 젠틀맨 클럽이 많이 위치한 런던의 거리 이름이었고, 그에 맞춰 보수적이고 상류 지향적인 논조의 기사를 실었다. 쇼, 트롤럽, 엥겔스, 와일드, 스티븐슨 등 저명한 문필가들이 이 신문에 여러 차례에 걸쳐 기고하였다.

의 운명에 대해 사색한 결과 이런 소설을 만들어 냈다고 생각해 버리게. 모든 것이 사실이라는 내 주장은 그저 흥미를 유발하기 위한 예술적 기법의 하나라고 여기란 말일세. 자, 모두 지어낸 이야기라고 간주하고……, 자네들 감상은 어떤가?"

그는 파이프를 입에서 떼고는, 몸에 밴 습관대로 벽난로 쇠 격자의 난간에 대고 두드려 털기 시작했다. 잠시 정적이 흘렀다. 그러고는 의자가 삐걱이는 소리와 구두를 양탄자에 문지르는 소리가 들리기 시작했다. 나는 시간여행자의 얼굴에서 다른 사람들 쪽으로 시선을 옮겼다. 불빛 때문에 생긴 작은 반점들 사이로 어둠에 잠긴 그들의 얼굴이 보였다. 의사는 시간여행자의 이야기를 깊이 반추해 보고 있는 듯했다. 편집자는 여섯 번째 시가의 끝머리를 뚫어져라 바라보고만 있었다. 기자는 더듬거리며 회중시계를 꺼내려 했다. 다른 이들은 전혀 움직이지 않았다. 내가 기억하는 한은 말이다.

편집자는 한숨을 쉬며 자리에서 일어섰다.

"자네가 소설가가 아니라니 참으로 아쉬운 일이네!"

그는 이렇게 말하며 시간여행자의 어깨에 손을 올려놓았다.

"믿지 않나 보지?"

"글쎄……."

"그럴 거라 생각했네."

시간여행자는 우리를 돌아보며 말했다.

"성냥 어디 있나?"

그는 성냥에 불을 붙여 파이프를 빨며 말을 이었다.

"사실 말이네⋯⋯. 나 자신도 믿을 수가 없다네⋯⋯ 하지만⋯⋯."

그는 조용히 의문이 담긴 눈으로 작은 탁자 위에 놓인 시든 하얀 꽃을 내려다보았다. 그리고 그는 파이프를 든 손을 뒤집었다. 나는 그가 손가락 관절에 난 반쯤 아문 흉터를 바라보고 있다는 사실을 알 수 있었다.

의사가 자리에서 일어나 램프 가까이 와서는, 하얀 꽃을 살펴보고는 말했다.

"암술이 묘하게 생겼군."

심리학자 역시 몸을 기울여 보면서, 그 꽃을 잡으려 손을 내밀었다.

"벌써 한 시 십오 분 전이지 않나. 집에는 어떻게 길 건가?"

기자가 말했다.

"역에 가면 마차야 잔뜩 있지 않나."

심리학자가 말했다.

"흥미로운 표본이군. 하지만 어떤 분류군에 속하는 꽃인지 전혀 모르겠어. 내가 가져가도 되겠나?"

의사가 말했다.

시간여행자는 잠시 망설이더니, 입을 열었다.

"물론 안 되네."

"사실은 어디서 난 건가?"

의사가 물었다.

시간여행자는 머리에 손을 얹고는, 계속 도망쳐 사라지는 생각을 잡으려 애쓰는 사람 같은 투로 말하며 방 안을 돌기 시작했다.

"시간여행을 하던 도중 위나가 내 주머니 속에 넣어 준 꽃이네. 이게 전부 사실이 아닐 리가 없어. 내 기억은 이 방과 자네들과 평상시의 분위기조차 감당하지 못하고 있네. 내가 타임머신이나 타임머신의 모형을 만들기는 한 건가? 아니면 모두 꿈일 뿐이었나? 인생은 꿈이고, 때로는 소중하고 슬픈 꿈이라고 하기는 하지만……. 이치에 맞지 않는 꿈은 견딜 수 없네. 그건 광기야. 대체 이런 꿈이 어디서 왔단 말인가? 그 기계를 봐야겠어. 기계가 아직 있기만 하다면!"

그는 즉시 램프를 집어 들고는, 붉은 불꽃을 이끌고 문을 열고 복도로 갔다. 우리는 그를 따랐다. 램프의 흔들리는 불빛 아래 기계의 모습이 분명히 보였다. 땅딸막하고 못생기고 기울어져 있는, 황동, 흑단, 상아, 투명하게 빛나는 석영으로 만들어진 기계였다. 분명히 존재하는 물건이었으며—내가 직접 그 가로대를 만져보기까지 했으니까—상아 부품에는 갈색 반점과 얼룩이 보였으며, 아래쪽에는 풀과 이끼가 붙어 있었고, 가로대 중 하나는 휘어 들어가 있었다.

시간여행자는 램프를 내려놓고 파손된 가로대를 손으로 만지며 말했다.

"이제 다 됐네. 내가 지금까지 한 이야기는 사실이었어. 추운 곳으로 데려와서 미안하네."

그는 다시 램프를 집어 들었고, 우리는 침묵 속에서 흡연실로 돌아왔다.

시간여행자는 우리와 함께 나와서 편집자가 코트 걸치는 것을 도와주었다. 의사는 조금 망설이는 기색으로 그의 얼굴을 바라보며, 과로 때문에 몸이 좋지 않은 듯하다고 말해 주었다. 시간여행자는 그 말에 크게 웃었다. 그가 열린 문간에 서서 큰 소리로 작별 인사를 하던 모습이 기억난다.

나는 편집자와 같은 마차에 탔다. 그는 시간여행자의 이야기를 '화려한 거짓말'로 치부하고 있었다. 나로서는 결론을 내릴 수가 없었다. 이야기는 너무 환상적이고 믿기 힘든 것이었지만, 그는 시종 진지하고 설득력 있는 태도였다. 나는 그날 밤 내내 그 생각 때문에 거의 잠을 이루지 못했고, 다음 날 시간여행자를 다시 찾아가서 만나 봐야겠다는 결심을 굳혔다. 그가 연구실에 있다는 말을 듣고, 그의 집 구조에 익숙한 나는 바로 연구실로 올라갔다. 그러나 연구실에는 아무도 없었다. 나는 잠시 타임머신을 바라보다가 손을 내밀어 조종간을 만져 보았다. 그러자 그 땅딸막하고 견고한 기계가 바람에 흔들리는 가지처럼 흔들리기 시작했다. 그 불안정함에 나는 깜짝 놀랐고, 묘하게도 함부로 끼어들지 말라는 꾸지람을 듣곤 했던 어린 시절의 추억이 떠올랐다. 나는 다시 복도를 지나 돌아왔다. 시간여행자는 흡연실에 있었다. 집에서 오는 모양이었다. 그는 한쪽 옆구리에 작은 카메라를 끼고, 다른 쪽에는 작은 배낭을 들고 있었다. 그는 나를 보고 웃더니 한쪽 손을 내밀며 악수를 청했다.

"거기 있는 그것 때문에 끔찍할 정도로 바쁘다네."

"그러면 그게 거짓말이 아니라는 건가? 자네 정말로 시간여행을 할 수 있는 건가?"

"확실하게, 정말로, 할 수 있지."

그리고 그는 내 눈을 똑바로 바라보며 잠시 망설이는 듯했다. 그의 눈이 방 안을 훑었다.

"삼십 분 정도만 시간을 주게. 자네가 온 이유는 알고 있고, 와 주어서 정말 고맙네. 여기 잡지가 좀 있군. 점심을 기다려 준다면 이 시간여행에 대해 완벽하게 증명해 보이겠네. 증거물 따위를 모두 가져와서 말이야. 먼저 자리를 떠도 되겠지?"

나는 그의 말에 동의했지만, 그가 하는 말을 완전히 이해하지는 못했다. 그는 고개를 끄덕이고는 복도를 따라 내려갔다. 연구실 문이 닫히는 소리를 들은 후, 나는 의자에 앉아서 신문을 펴 들었다. 점심시간 전에 뭘 하려는 것일까? 그때 신문의 광고를 보고, 나는 두 시에 출판업자인 리처드슨과 만나기로 했다는 사실을 기억해 냈다. 시계를 보니 아슬아슬하게 시간에 대어 갈 수 있을 듯했다. 나는 자리에서 일어나 시간여행자에게 말하기 위해 복도를 걸어갔다.

문손잡이를 잡자마자 묘하게 끝이 잘린 듯한 비명이 들렸고, 찰칵하는 소리와 무언가 떨어지는 소리가 들렸다. 문을 여는 순간 나는 갑자기 몰아닥친 돌풍에 휩싸였고, 방 안에서는 유리가 땅에 떨어져 깨지는 소리가 들렸다. 시간여행자는 그곳에 없었다. 잠깐 동안 희미한 형체가 검은색과 황동색의 소용돌이치는 덩어리 안에 앉아 있는 모습을 본 것도 같았다. 투명해서 그 뒤의 작업대에 놓인 설계도를 명확하게 알아볼 수 있을 정도의 형체를. 그러나 눈을 문지르는 동안 그 형체는 사라져 버렸다. 타임머신도 보이지 않았다. 연구실 건너편에는 피어오른 먼지만이 남아 있을 뿐, 텅 비어 있었다. 천장의 채광창 하나가 안쪽으로 깨져 들어온 듯했다.

나는 알 수 없는 경탄에 사로잡혔다. 무언가 기묘한 일이 일어났다는 것은 알고 있었지만, 그 순간에는 그 일이 정확하게 무엇인지는 알아차리지 못했다. 그곳에 그렇게 서 있노라니 정원으로 통하는 문이 열리고 하인이 모습을 드러냈다.

우리는 서로를 바라보았다. 나도 슬슬 정신이 들기 시작했다.

"○○씨가 그쪽으로 나갔소?"

"아니오, 이쪽으로는 아무도 나오지 않았습니다. 여기 계신 걸로 알고 있었습니다만."

그 말을 듣고 나는 비로소 이해했다. 리처드슨을 바람맞히는 일을 감수하면서도, 나는 계속 머무르며 시간여행자를 기다렸다. 두 번째의, 아마도 더욱 기묘한 이야기를, 그리고 그가 가져올 증거물과 사진을 기다리면서. 하지만 이제 평생을 기다려야 하지 않을지 걱정이다. 시간여행자가 사라진 지도 삼 년이 지났다. 그리고 이제는 모두가 아는 사실이지만, 그는 다시 모습을 보이지 않았다.

에필로그

궁금해 미칠 지경이다. 그가 다시 돌아오기는 할까? 과거로 휩쓸려 들어가, 피를 마시는 구석기 시대의 털투성이 야만인 가운데로 떨어졌을지도 모르는 일이다. 백악기 바다의 심연 속에 수장되었는지도 모른다. 아니면 쥐라기의 거대하고 괴상하게 생긴 파충류들과 맞닥뜨렸을지도 모른다. 어쩌면 지금 이 순간—이런 말을 쓸 수 있다면 말이지만—플레시오사우루스⁺로 가득한 난상 산호초 위나 트라이아스기의 쓸쓸한 석호 주변을 헤매고 있을지도 모른다. 아니면 앞으로 나아가, 보다 가까운 미래, 인류가 여전히 인류이지만 우리 시대의 수수께끼가 해결되고 지겨운 문제들이 사라진 시대로 간 것일까? 인류가 성숙한 시대로 말이다. 내 입장에서는, 설득력 없는 실험과 단편적인 이론, 상호 갈등으로 가득 차 있는 미래의 세계가 인류의 전성기라고는 생각할 수가 없다. 적어도 내 생각은 그렇다. 타임머신을 만들기 전에 장시간에 걸쳐 토론한 적이 있기 때문에, 나는 시간여행자가 인류의 진보라는 개념을 그다지 유쾌하게 받아들이지 않았으며, 축적된 문명의 결과물이 결국 그 창조자들에게 파멸을 가져다줄 어리석음의 덩어리라 생각했다는 사실을 알고 있다. 만약 그 생각이 맞다 하더라도, 우리는 그렇지않은 듯 살아갈 수밖에 없으리라. 그러나 내게 있어 미래는 여전히 어둡고 텅 빈 공간일 뿐이다. 그의 이야기의 기억으로 인해 몇 군데 불이 들어 왔을 뿐, 여전히 무지의 세계인 것이다. 그리고 내 옆에 있는 두 송이의 기묘한 흰색 꽃이, 이제는 시들어 갈색이고, 마른 채 표본이 되어 있지만, 위로가 되어 준다. 인류의 지성과 힘이 사라진 뒤에도, 감사할 줄 아는 마음이 여전히 인간의 마음속에 살아 있다는 증서이기 때문이다.

✦ 수장룡. 백악기 바다에 살았던 긴 목과 땅딸막한 몸통, 물갈퀴를 가진 파충류이다.

THE TIME MACHINE

작품 해설

H. G. 웰스의 『타임머신』

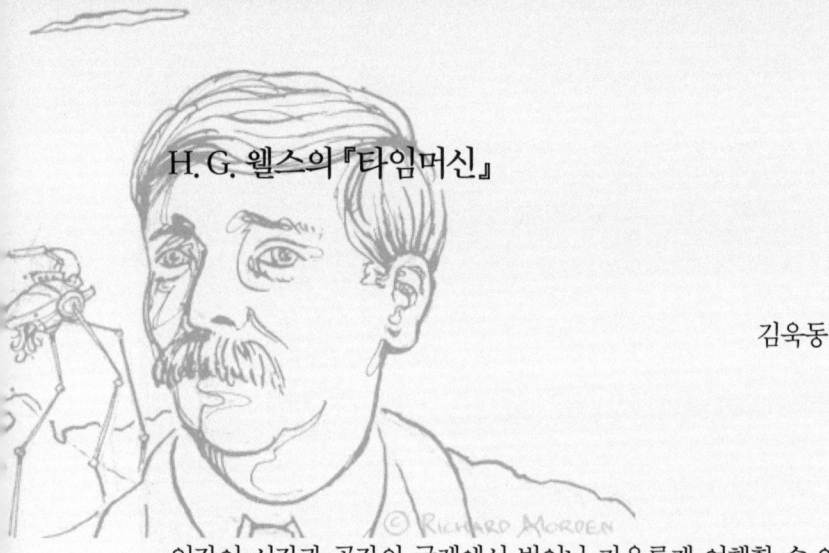

김욱동[+]

인간이 시간과 공간의 굴레에서 벗어나 자유롭게 여행할 수 있다면 얼마나 좋을까? 만약 아주 빠른 속도로 시간을 여행하는 기계가 있다면 이런 공상도 헛되지만은 않을 것이다. 그런 기계를 이용해 인간은 지나간 과거로 다시 돌아갈 수도 있고, 이와는 반대로 미지의 먼 미래로 날아갈 수도 있을 것이다. 그래서 고심 끝에 마침내 만들어 낸 그 기계의 이름이 다름 아닌 '타임머신'이다. 지금까지 타임머신을 주제로 한 영화가 숱하게 쏟아져 나왔다. 할리우드에서는 「타임머신」이라는 제목의 영화 말고도 이와 비슷한 내용의 영화가 아주 많다. 예를 들어 「백 투 더 퓨처」, 「터미네이터」, 「타임캅」

[+] 한국외국어대학교 영문과와 동 대학원을 졸업한 뒤 미시시피대학교에서 영문학 석사 학위를, 뉴욕 주립대학교에서 영문학 박사 학위를 받았다. 현재 서강대학교 명예 교수, 한국외국어대학교 통번역학과 교수로 재직 중이다. 저서로 『윌리엄 포크너』, 『헤밍웨이를 위하여』 등이 있고, 번역서로 『앵무새 죽이기』, 『무기여 잘 있어라』, 『위대한 개츠비』 등이 있다.

같은 작품이 시간여행을 주제로 한 대표적인 영화로 꼽힌다.

그런데 '타임머신'이라는 개념을 처음 만들어 낸 사람이 바로 영국 소설가 허버트 조지 웰스이다. 흔히 '공상 과학 소설의 아버지'로 일컬어지는 그는 19세기 말엽 『타임머신』(1895)이라는 소설을 발표하며 이 분야에서 첫걸음을 내딛었다. 프랑스의 소설가 쥘 베른과 함께 웰스는 공상 과학 소설을 굳건한 문학의 발판에 올려놓는 데 크게 이바지하였다.

가난한 유년기

웰스는 1866년 영국의 켄트주에서 태어났다. 아버지는 가난한 상인으로 생활이 넉넉하지 못했다. 일곱 살 때 발목을 다쳐 오랫동안 누워 지내야 했을 때 그 지루한 시간을 보내기 위해 책을 읽기 시작한 것이 동기가 되어 웰스는 평생 독서에 큰 흥미를 느끼게 되었다. 그 뒤 상업학교에 입학했고 성적은 우수했지만 열한 살 때 아버지가 사고로 불구가 되는 바람에 열네 살 때 학교를 그만두어야 했다. 그 뒤 직장에 다니면서 사우스 켄싱턴에 있는 과학사범대학에 다녔다.

바로 이 사범대학에서 웰스는 이 무렵 진화론을 부르짖은 토머스 헨리 헉슬리 밑에서 과학을 공부하였다. 헉슬리는 영국의 생물학자로 '불가지론不可知論'이라는 철학 용어를 처음 만들어 낸 사람이기도 하다. 불가지론이란 인간은 사물의 본질을 깨달을 없다고 간주하는 철학적 입장이다. 웰스는 헉슬리로부터 많은 영향을 받았다.

사범대학을 졸업한 웰스는 과학 교사로 근무하며 생물학을 가르치기도 하고, 과학 교과서를 쓰기도 했다. 하지만 스물일곱 살 때 폐결핵에 걸려 오랫동안 요양 생활을 해야 했다.

과학 교사에서 공상 과학 소설가로

웰스는 과학자가 되는 대신에 과학을 소재로 문학 작품을 쓰는 작가가 되었다. 만약 과학사범대학에 다니지 않고 또 과학에 관심을 기울이지 않았더라면 아마 그는 공상 과학 소설가로 크게 이름을 떨치지 못했을 것이다.

웰스는 단편 소설을 몇 편 발표한 것이 계기가 되어 공상 과학 소설가로서 데뷔하였다. 그 무렵은 아직 공상 과학 소설이 걸음마 단계에 있어 이 분야의 작가가 거의 없다시피 하였다. 다만 프랑스에서 쥘 베른이 일련의 소설을 발표할 정도였다. 그러나 웰스의 공상 과학 소설은 베른의 소설과는 여러 모로 달랐다. 이 점과 관련하여 웰스는 "베른의 작품은 실천 가능성이 있는 발명과 발견을 작품 속에 써서 독자의 흥미를 끌고 있지만, 나의 작품의 발명과 발견은 공상적이고 실현 가능성이 전혀 없다"라고 잘라 말한 적이 있다. 다시 말해서 베른의 작품과 비교하여 웰스의 작품은 문학적 상상력을 훨씬 더 극단적으로 밀고 나간다. 그런데도 웰스의 작품은 얼핏 현실 가능성이 없는 것처럼 보이면서도 독자들을 자연스럽게 이야기에 빠지게 하는 놀라운 힘을 지니고 있다.

웰스가 풍부한 과학 지식을 토대로 쓴 작품이 바로『타임머신』이다. 1890년대 웰스는『타임머신』과 관련한 작품을 잡지에 여러 편 발표하였다. 그러다가 단행본으로 처음 출간한 것은 그가 서른다섯 살 때인 1895년이다. 이 작품은 세계 문학사에서 '시간여행'을 다룬 최초의 작품일 뿐만 아니라 공상 과학 소설 장르의 개척자로 평가받는다. 이 소설은 출간되자마자 그야말로 폭발적인 인기를 얻었고, 웰스는 하루아침에 유명 작가가 되었다. 그 뒤 웰스는『타임머신』말고도『모로 박사의 섬』을 비롯하여『투명 인간』,『우주 전쟁』,『달의 첫 방문자』등을 잇달아 발표해 공상 과학 소설가로서의 위치를 확고히 굳혔다. 그가 출간한 공상 과학 소설은 무려 100여 편이 넘는다.

한편 웰스는 과학뿐만 아니라 인류의 문명과 역사 그리고 사회 문제 등에 대해서도 깊은 관심을 기울였다. 사회를 점진적으로 개선하기 위한 의견을 제시하였으며, 국경이 없는 세계 국가를 만들어 민족 사이의 싸움을 없애자고 주장하였다. 지금 사람들은 입만 열면 '세계화'니 '지구촌'이니 하고 외쳐 대지만, 웰스는 이미 백여 년 전에 국경이 허물어진 지구촌을 꿈꾸었다. 1905년에 웰스는

『근대 유토피아』를 출간한 이후 문명 비평에 깊은 관심을 기울여 '페이비언협회'에 가입하였다.

　이 페이비언협회가 부르짖은 점진적 사회 개량주의 이론을 '페이비언주의Fabianism'라고 하며, 사회주의처럼 자본주의 사회의 모순을 토지와 자본 같은 중요 생산 수단을 공유화하여 해결하려고 한다. 그러나 혁명의 길을 부정하고 의회를 통하여 평화적이고 점진적인 개량을 축적해 가야 한다고 주장하는 점에서 페이비언주의는 전통적인 사회주의와는 사뭇 다르다.

　제1차 세계 대전 중 웰스는 전쟁과 교육과 종교에 대한 자신의 생각을 발표하여 세계 사람들의 이목을 끌었다. 또한 세계 평화를 기원하여 '지적국제연맹'을 제창하여 글과 강연으로 세계 사람들에게 호소하기도 하였다. 1920년에 발표한 그 유명한『세계사 대계』는 이러한 사상을 정리한 책이다. 그 밖에도 그는『생명의 과학』,『인류의 노동과 부富와 행복』같은 책을 출간하기도 하였다. 이처럼 웰스는 공상 과학 소설가에 그치지 않았고 문명 비평가이기도 했다. 그는 제2차 세계 대전에서 원자 폭탄을 사용한 사실을 알고 대단히 낙담한 채 1946년에 여든 살의 나이로 세상을 떠났다.

웰스가 상상한 인류의 미래

『타임머신』은 '시간여행자'라는 사람이 발명한 '타임머신'을 타고 80만 년, 더 정확히 말하자면 802701년의 미래 세계에 가서 그곳에서 보고 겪은 일을 친구들에게 이야기해 주는 형식으로 되어 있다. 80만 년 후의 미래 세계에서 시간여행자가 목격한 인류는 두 가지 종족으로 진화해 있다. 그가 처음 만난 종족은 '엘로이'족이다. 그들은 작은 키에 목소리가 가냘프고 우아하다.

시간여행자가 미래 세계에서 만난 두 번째 인류는 두더지처럼 지하에 숨어 살고 있는 '몰록'족이다. 몰록족은 회색빛이 도는 붉고 큰 눈에 머리카락은 담갈색이고 피부는 차갑다. 지하에서 생활하면서 엘로이족과 다르게 진화한 몰록족은 인류의 한 종족이라고 할 수 없을 정도로 추악한 모습을 하고 있다. 심지어 그들은 먹을거리가 떨어지지 엘로이족을 잡아먹는 야만적 습성을 보이기도 한다.

인류의 과학 기술과 문명이 거의 완벽한 수준에 도달한 미래 세계를 그려 낸 모습치고는 참으로 암울하고 비극적이다. 웰스가 『타임머신』에서 그리는 미래 세계는 유토피아의 반대편에 서 있는 세계, 즉 '디스토피아'의 세계이다. 그렇다면 웰스는 도대체 왜 이토록 암울한 미래를 묘사했을까? 이보다 훨씬 더 낙관적이고 건강하며 흥미로운 미래를 상상할 수는 없었을까?

이 물음에 대한 답은 웰스의 사회의식이나 역사의식에서 찾아야 한다. 『타임머신』은 그가 과학자로서 뿐만 아니라 문명 비평가나 역사가로서의 지식을 유감없이 발휘한 작품이다. 그래서 어떤 비평가들은 이 작품을 단순히 공상 과학 소설로 간주하지 않고 더 나아가 인류의 미래를 예측하는 사회 소설로 평가하기도 한다.

『타임머신』에는 웰스가 평소 품고 있는 사상이 고스란히 들어 있다. 상인의 아들로 태어나 어린 시절부터 경제적으로 궁핍하게 자란 웰스는 자연스럽게 마르크스주의 사상의 세례를 받았다. 일찍이 공산주의 사상을 처음 체계적으로 다듬은 카를 마르크스와 프리드리히 엥겔스의 저서를 읽으면서 그는 자본주의 사회의 모순을 깨달았다. 그래서 자본가 계급과 노동자 계급 사이에 이렇다 할 차별이 없는 좀 더 평등한 이상주의 사회를 건설하려고 꿈꾸었다. 뒷날 웰스가 소비에트 연방을 방문하여 이오시프 스탈린을 만나 그와 인터뷰를 한 것도 그런 이유 때문이었다.

웰스는 『타임머신』에서 만약 영국 사회의 자본가 계급과 노동자 계급 사이의 갈등이 지속된다면 미래 세계는 과연 어떻게 될 것인지 묻는다. 두말할 나위 없이 이 두 계급은 시간이 지나면서 점점 더 이질적인 집단으로 바뀌게 될 것이다. 이 두 종류의 인간이 서로 완전히 괴리된 채 서로 다른 삶을 살아갈 것은 불을 보듯 뻔하다.

지상에서 살고 있는 엘로이족은 바로 자본가를 비롯한 부유한 계급의 모습이다. 한편 지하에서 숨어 살고 있는 몰록족은 다름 아닌 자본가들에게 거의 모든 것을 박탈당한 노동자 계급의 모습이다. 부유한 사람들은 온갖 수단과 방법을 가리지 않고 그동안 누려 온 삶의 방식을 계속 유지하거나 더 낫게 하려고 노력할 것이다. 그들이 안락하고 호화로운 생활을 추구하면 할수록 가난한 사람들은 더욱더 생활이 어렵게 될 것이다. 또 그들은 지하에서 숨어 사는 몰록족처럼 환경에 맞게 적응해 살아갈 것이다. 그러나 환경에 적응하며 살아가는 것에도 한계가 있을 수밖에 없다. 더 이상 식량을 구하지 못하자 몰록족(노동자 계급)은 마침내 엘로이족(자본가 계급)을 잡아먹기에 이른다. 결국 두 계급은 모두 파멸의 길을 걷게 된다.

『타임머신』이 출간된 지도 어느덧 100년하고도 10년이 훌쩍 넘었지만 이 작품의 의미는 여전히 새롭다. 세계화라는 그럴듯한 이름 아래 21세기가 시작되었지만 인류가 살아가는 세계는 웰스가 미리 내다본 세계처럼 여전히 암울하고 비극적이다. 빈부 격차의 골이 날이 갈수록 더욱 깊어만 가면서 계급 사이의 갈등과 긴장도 더욱 커진다. 물론 옛날과 비교해 보면 생활 수준이 많이 향상되었지만 지구상에는 몰록족처럼 아직도 배를 굶주리거나 굶어 죽는 사람들이 적지 않다.

그러나 이러한 암울한 미래에 절망할 필요는 없다. 인류가 서로 힘을 합해 노력만 한다면 미래는 웰스가 『타임머신』에서 묘사하는 세계보다 훨씬 낙관적일 수 있다. 웰스 자신도 희망의 끈을 완전히 놓지 않았다. 그는 "문명의 발전이란 한낱 부질없이 쌓아 놓은 것에 지나지 않으며, 마침내 문명을 세운 사람들 머리 위로 무너져 내릴 것이라는 것이 '시간여행자'의 이야기였다"라고 밝혔다. 그러면서도 웰스는 "그러나 내가 생각하기에 미래는 여전히 텅 빈 공간으로 남아 있는 미지의 세계다. 미래는 '시간여행자'가 들려준 이야기에는 모두 담을 수 없을 만큼 광대한 미지의 세계이다"라고 말하기도 했다. 그러고 보니 "오늘의 위기는 내일의 농담거리"라는 웰스의 말도 예사롭지 않게 들린다.

공상 과학 소설이라고 하면 자칫 허황된 먼 미래 이야기를 다루는 것으로 생각하기 쉽다. 그러나 이 장르의 소설은 실제로 미래의 일보다는 현재의 사건에 훨씬 무게를 싣는다. 또한 공상 과학 소설 하면 흔히 무미건조한 과학만을 떠올리기 쉽지만 『타임머신』에서 볼 수 있듯이 공상 과학 소설은 궁극적으로는 앞으로 닥쳐올 미래의 모습을 미리 보여 줌으로써 인류에게 경각심을 불러일으키려고 하는 데 더 큰 목적이 있는 것이다.

허버트 조지 웰스 연보

1866년   9월 21일, 영국 켄트주 브롬리에서 태어남. 넷째 아이로 막내.
아버지 조지프 웰스는 당시 잡화점을 운영하고 있었으나 가게
수입은 신통치 않았고, 조지프는 켄트주 프로 크리켓 팀에서
선수로 활동하며 벌어들인 돈을 생계에 보태기도 했다. 고정
수입이 별로 없어 웰스 가족은 항상 가난에 시달렸다.

1874년   다리가 부러져 침대 신세를 지게 됨. 아버지가 지역 도서관에
서 빌려다 준 책을 읽기 시작하며 책의 세계에 빠져들게 되고,
곧 글을 쓰고 싶다는 열망을 가지게 된다. 토머스 몰리 상업학
교에 입학.

1877년   아버지 허벅지 골절 부상으로 크리켓 선수로 활동하는 게 힘들
어짐에 따라 집안 경제 사정이 더욱 나빠짐.

1879년   학업을 중단하고 여러 직종의 수습 직원을 전전한다. 대부분
은 좋지 않은 경험만을 남긴 채 끝났는데, 특히 포목점과 화학
자의 조수로 있으며 겪은 일들은 이후 그의 작품에 반영되기도
했다. 어머니 세라 역시 결혼 전에 했던 가정부 일로 돌아가며
가족이 뿔뿔이 흩어지게 되었다.

1883년	부모를 설득해 수습 직원 일을 중단하고 미드허스트 그래머스쿨의 교육 학생(하급생을 가르치며 공부하는 학생)으로 취직.
1884년	런던 사우스 켄싱턴의 과학사범대학교에 장학생으로 입학. 토머스 H. 헉슬리 아래에서 동물학을 공부한다. 장학금 덕분에 비교적 안정적인 학창 시절을 보냈으나, 이후 정치 문제에 관심을 가지게 되면서 정규 수업 과정을 등한시하게 된다. 대학 토론회에 가입해 사회주의에 관심을 쏟음. 지질학 시험에 낙제, 장학금이 취소되어 학위를 받지 못하고 학교를 떠난다. 이모 집에서 신세를 지던 중 이종사촌 이사벨을 만나 사귀기 시작.
1887년	웨일스 지방의 홀트에서 교사 생활을 시작하나, 축구 시합 도중 부상을 당해 폐출혈을 일으키고 교사직을 그만둔다. 병을 치료하며 글쓰기를 시작. 「사이언스 스쿨 저널」에 「크로닉 아르고호」(『타임머신』의 효시가 된 단편)를 연재.
1888년	런던의 헨리 하우스 스쿨에서 A. A. 밀른의 작품을 가르침.
1890년	런던 대학 외부인 대상 프로그램을 통해 동물학 학사 학위를 취득.
1891년	이사벨과 결혼. 과학 평론이 처음으로 주요 잡지에 실림.
1893년	병이 재발해 교사 일을 포기. 글쓰기에 전념하기로 다짐하고, 다양한 주제에 관한 평론을 여러 신문과 잡지에 게재하기 시작.

1894년	자신의 학생이었던 에이미 캐서린 로빈스, 통칭 '제인'과 사랑에 빠짐. 이사벨과 별거 시작. 훗날 『타임머신』으로 정리된 일곱 편의 연작 단편을 「내셔널 옵저버」지에 발표.
1895년	이사벨과 이혼, 제인과 결혼. 「뉴 리뷰」지에 『타임머신』 연재. 5월에 출간. 이외에도 두 편의 단편집과 한 편의 중편 소설을 발표. 공상 과학 소설 작가로서 알려지기 시작.
1896년	『모로 박사의 섬』 출간.
1897년	『투명 인간』 출간.
1898년	『우주 전쟁』 출간. 폐결핵 재발. 조지 기싱과 함께 이탈리아를 여행.
1900년	요양을 위해 샌드게이트로 이주. 가족을 위한 저택 '스페이드 하우스'를 건축하기 시작한다.
1901년	'스페이드 하우스'에 입주. 제인과의 사이에서 첫 아이 조지 필립 웰스가 태어난다. 『달의 첫 방문자』 출간. 사회학 연구서인 『인간의 삶과 사고에 대한 기계적, 과학적 진보에 대한 예측』을 출간, 베스트셀러가 됨.
1903년	둘째 아이인 프랭크 리처드 웰스가 태어남. 사회주의 지식인 모임인 페이비언협회에 가입.

1905년	어머니 세라 웰스 사망.
1906년	미국으로 강연 여행을 떠남. 아내의 용인 하에 여러 여인들과 사귀는데, 그중에는 작가이자 페이비언협회 동료의 딸인 앰버 리브스도 있었다.
1908년	페이비언협회를 탈퇴. 버나드 쇼 등 협회 구성원과의 알력이 있었다고 알려져 있다. 웰스는 훗날 그들이 경제와 교육 개혁에 대해 올바른 개념을 가지지 못하고 있었다고 혹독하게 비판한다.
1909년	앰버 리브스와의 사이에서 딸 애너 제인이 태어난다.
1910년	아버지 조지프 웰스 사망. 소설가 엘리자베스 폰 아르님 백작 부인과 연애 시작.
1913년	소설가이자 페미니스트이며, 웰스보다 26세 연하인 레베카 웨스트와 연애 시작. 『작은 전쟁』 출간. 소규모 전쟁 놀이의 방법론에 대한 책으로, 이후 미니어처를 사용한 전쟁 놀이의 효시가 된다.
1914년	러시아 방문. 레베카 웨스트와의 사이에서 아들 앤서니 웨스트가 태어남. 논픽션 『해방된 세계』를 출간. 그는 여기서 라듐의 에너지 방출에 대해 언급하며, 과학자들이 이윽고 이 강력한 에너지를 사용한 폭탄을 만들어 낼 것이라 예견한다.

1916년	프랑스와 이탈리아 지역의 전선을 여행하고, 전쟁을 테마로 한 여러 소설을 집필한다.
1918년	영국 정보부에서 전쟁 선전문을 집필. 국제 연맹 창설 위원회 회원으로 등록.
1920년	러시아를 방문하여 레닌과 트로츠키 등을 만난다. 그의 논픽션 작품 중 최고의 베스트셀러가 된 3권 분량의 『세계사 대계』를 출간.
1921년	세계 군축 회의를 취재하기 위해 미국을 방문.
1922년	그의 친구였던 W.H.R. 리버스의 사망 이후, 하원의원 선거에 런던 대학의 노동당 후보로 출마하지만 두 번 모두 낙선한다.
1926년	『윌리엄 클리솔드의 세계』를 출간. 지금까지 웰스의 작품 중 가장 긴 분량으로, 일인칭 시점에서 쓴 자전적 요소가 강한 소설.
1927년	두 번째 아내 제인 웰스 사망.
1931년	첫 아내 이사벨 웰스 사망.
1933년	소설 『미래의 모습』 출간. 이 소설에서 웰스는 1940년 중대한 파국이 찾아올 것이라고 예고했고, 그 예언은 결과적으로 사실이 되었다. 작가 단체 PEN클럽의 회장직에 오름.

1934년	소련과 미국을 방문하여 스탈린과 루스벨트를 만난다. 당뇨병 환자들을 위한 자선 기관을 건립(웰스 자신도 당뇨병 환자였다). 『실험적 자서전』을 출간. 웰스는 이 책에서, 자신이 "여러 사람을 깊이 사랑하기는 하였으나 결코 뛰어난 사랑 실천가는 아니었다"라고 말함.
1936년	『세계 백과사전이라는 생각』을 출간.
1940년	전쟁 와중에 미국으로 강연 여행을 떠난다. 전쟁을 종식시키고 세계 평화를 누리기 위해 세계 모든 국가가 하나로 통일되어야 한다는 생각을 담은 논픽션 『새로운 세계 질서』를 출간.
1942년	이학박사 학위를 취득.
1946년	8월 13일, 80세의 나이로 세상을 떠난다. 심신이 쇠약해진 상태였으나, 정확한 사인은 알려지지 않았다.